高嶺さん、君のこと好きらしいよ
猿渡かざみ
イラスト：池内たぬま

瀬波ユウカ
高嶺サキ
平林キーコ
今からモテる!

荒川リク
岩沢タツキ
間島ケンゴ

──おはよう
高嶺サキ。
突然だが君がおれに対して
好意を抱いているとの
噂を耳にした。
ドュワ──ッッッ!?!?!?
……はい?

――動くな。
……。

「ほら、もうイントロが終わってしまうぞ」

「笑うと、そんな顔してるんですね」
「……別に普通だ」

もくじ

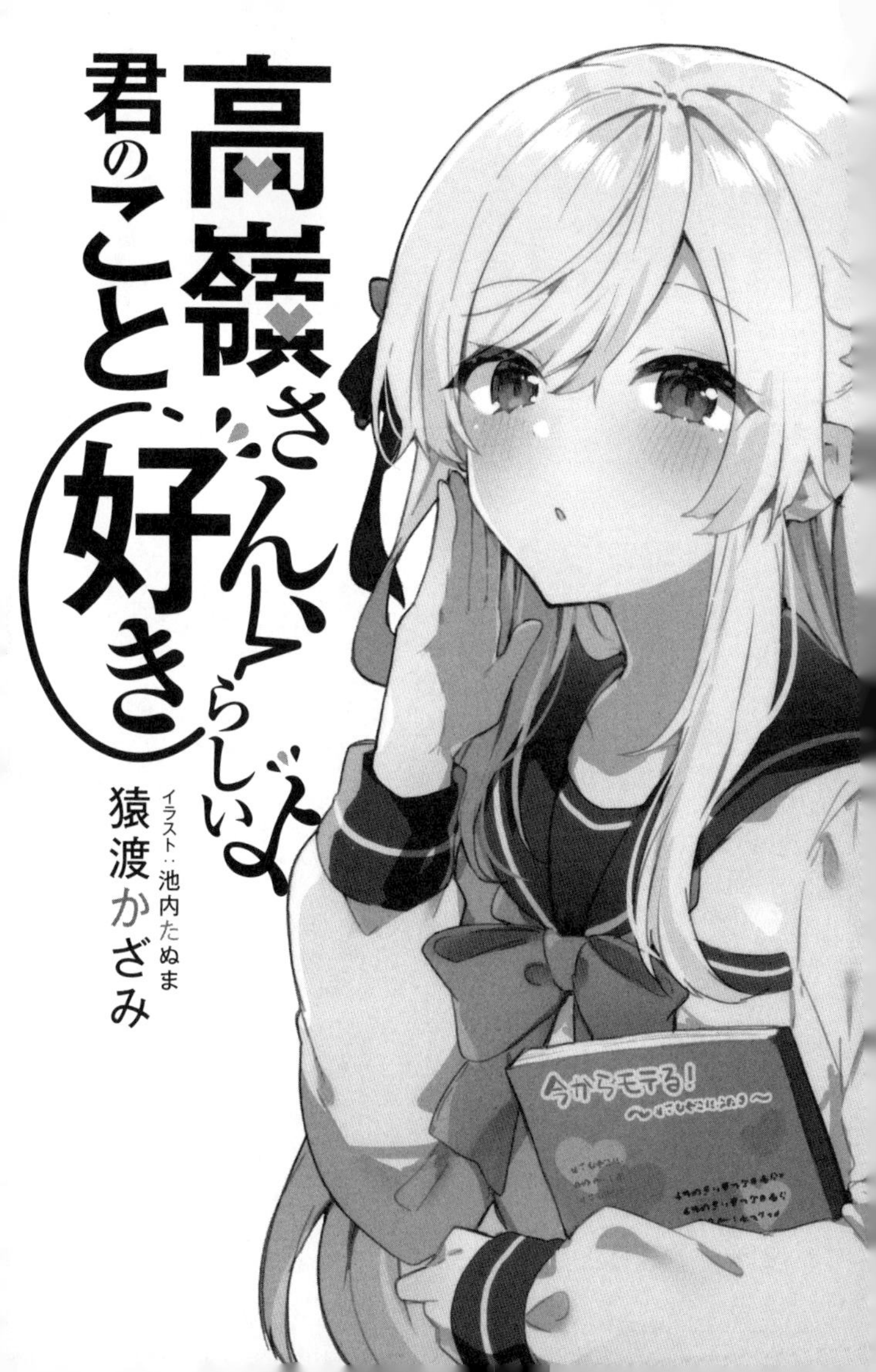
高嶺さん、
君のこと、好きらしいよ
イラスト：池内たぬま
猿渡かざみ
今からモテる!

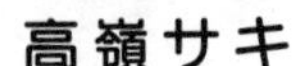

高嶺サキ
【たかね・さき】
クラスのミステリアス美女。
間島ケンゴへの好意を気付いてもらうために、
「イマモテ」という恋愛指南本に従ってアレコレしている。

間島ケンゴ
【まじま・けんご】
校則に反することは許さない、
鬼の風紀委員長。
高嶺サキに好意を寄せているが、
諦めてもいる。

瀬波ユウカ
【せなみ・ゆうか】
サキの親友。
サキの恋路を応援しているが、
間違った努力に呆れがち。

平林キーコ
【ひらばやし・きーこ】
サキの「イマモテ」仲間。
間島ケンゴを必要以上に
恐れている。

荒川リク
【あらかわ・りく】
ケンゴの風紀委員仲間。
バスケ部。

岩沢タツキ
【いわさわ・たつき】
ケンゴの風紀委員仲間。
サッカー部。

characters

はじめに

■間島（まじま）ケンゴの章■

高嶺（たかね）サキはミステリアスな女性だ――と、クラスメイトたちは口を揃（そろ）えて言う。


あるクラスメイト曰（いわ）く、彼女の笑った顔を誰一人として見たことがない。

あるクラスメイト曰く、高嶺サキと会話ができた人間には不幸が訪れる。

あるクラスメイト曰く、実は某有名ファッション誌の専属モデルである。

あるクラスメイト曰く、アウトローな人間と繋（つな）がりがある。

あるクラスメイト曰く、上高（カミコー）別棟で人目を忍んで秘密の実験を行っている。

などなど……、
ほとんど都市伝説の類ではないか？　という指摘はさておき、
高嶺サキは、この新潟県立上村（かみむら）高等学校においてなにかと噂（うわさ）の絶えない女生徒であった。

「――ねぇ、高嶺さんがパパ活してるってマジ？」

したがって、おれこと間島ケンゴがそんな噂を耳にしたのはまったくの偶然である。

4月7日、始業式が終わったあとのことだ。

校内の見回り中に、駐輪場の奥まった暗がりで4つの人影を認めた。

「いやーアタシらも友だちから聞いたんだけどさあ」

「実際どーなのかなーと思って」

「どう？　パパ活ってやっぱ儲かる？　つーかどんな感じ？　どこまでやんの？」

女子3人組が矢継ぎ早に質問を投げかける。

その相手は――言うまでもなく、高嶺サキ本人だ。

陶器のように白く透き通った肌、
ナチュラルなぱっちり二重、
すっと通った鼻筋、
スレンダーでありながらも女性的な体つき、白魚のような指、
そして背中まで伸びた美しい髪は、その一本一本が絹糸のように艶めいており、春風に揺れて軽やかに踊っている。
どこか人間離れしたその美しさは、いついかなる時でも一貫した無表情から生まれるのだろ

う。

能面のような顔――という慣用句には、無表情であるほかに顔立ちが端麗であるという意味も含まれる。

それはまさしく彼女にぴったりの表現で――。

彼女はその整った顔面をぴくりとも動かさず、一言。

「やってません」

実に単純明快な回答だ。いっそ美しくすらあった。

しかしあまりに簡潔すぎる回答は、かえって彼女らの好奇心を刺激してしまうわけで、

「いや大丈夫だって！　別に誰かにチクったりするわけじゃないし！」

「アタシらただ純粋にキョーミがあるだけなの！」

「恥ずかしかったらちょっとぼかしてもいいからさ！　ね？」

彼女らは前のめりになって高嶺サキを詰問する。

片田舎の高校に現れた一つまみのスパイスに、胸を躍らせながら。

だから……、

「やってません……」

もう一度繰り返す高嶺サキの語尾に、微かな震えを感じ取った時、

俺は胸いっぱいに息を吸い込んで、

力の限り、

——叫んだ。

「——指導ォォ————————ッッ!!!!」

おれの怒号が駐輪場に轟き、高嶺サキを含めた4人がびくんと跳ね上がる。

あとで知ったのだが、この時のおれの怒声は校舎3階まで響き渡り、近くの電線に並んでいたスズメの群れが一斉に逃げ出したほどだと言う。

「なっ、なになになになにっ!?」

「——2年C組・金屋リカ！　並びに小町シズク！　花立マイ！　生徒手帳服装規定1項『服装』でスカート丈は膝が隠れる長さにすべしとある！　全員膝上3センチを明らかに超えているな!?　校則違反だ！　ただちに指導する！」

彼女らが一斉にこちらへ振り返り、まるで幽霊でも見たように驚いた。

「でぇっ!?　出た!!　よーかい風紀オバケっ！」

「なんであの距離から見ただけでスカートの長さが分かんの!?」

「に、逃げよ!?　捕まったらクソ長説教だよ!?」

「金屋リカと花立マイに関してはすでに今月1度指導している！　1回目の指導は注意！　2回目は反省文の提出だ！　スカート丈膝上1センチにつき原稿用紙1枚！」

「ギャ――――っっ!!　定規持ってる!!」

「逃げるよっ!!」

追い込まれた彼女らの逃げ足ときたらすさまじい。

3人は短いスカートを翻すと、あっという間に散り散りに逃げ去って……

すぐに後ろ姿も見えなくなってしまった。

「くっ……逃げ足が早すぎる。そんなにも裾を数センチ下げるのが嫌か」

悔しげに呻くも、指導対象はすでにはるか彼方。

かくしてがらんどうとした駐輪場にはおれと彼女だけが残される。

「さて、2年B組・高嶺サキ」

「……!」

名前を呼ばれて高嶺サキがぴくりと肩を跳ねさせた。

振り向いた彼女の顔は、やはり「能面のよう」であり、
その変化に乏しい表情から、彼女が何を考えているのか読み取ることは難しいが――、

「スカートの長さは膝丈ちょうどだな、やはり何においてもスタンダードが一番美しい。では失礼する」

「えっ」

高嶺サキが僅かに目を見開いた。吸い込まれそうな瞳だった。

「なんだ？」

「指導、しないんですか」

「見ていただろう？　指導対象には逃げられてしまった」

「さっきの会話、聞いていましたよね」

「聞いていない」

「……聞いていましたよね」

高嶺サキがこちらをじいっと見つめてくる。

その吸い込まれそうな瞳で見つめられては、耐えきれずすぐに目を逸らしてしまった。

嘘を吐くのは昔からニガテだ。

「……すまん、聞き耳を立てたつもりはなかったんだが、いや、言い訳だなこれは」

「助けてくれたんですか」

「それもお節介だったなら謝罪する」

「いえ……ただ不思議で」

「不思議？」

「さっきの会話の内容、聞いてたら、その、指導されるべきは私、なんじゃないかと……」

高嶺サキはここにきて珍しく歯切れの悪い調子だ。

しかし反対におれは、きっぱり言い切る。

「――何故(なぜ)だ？　さっき自分でやってないと言っていただろう？　指導の必要はない」

根も葉もない噂(うわさ)を、当の本人である高嶺(たかね)サキが否定した。

それでこの話は終わりだ。

「本人の言葉より優先されるものなどないのだから」

だからおれとしては至極当たり前のことを言っただけ。

そのつもりだったのだが、

「……そういう風に言ってくれた人は、初めてで……」

どうしてか、高嶺サキは衝撃を受けていた。

まぁ相変わらずの「能面」であるため、ただのおれの勘違いかもしれないが。

ともあれ、

「おれは委員会の仕事が残っているため失礼する、では」

去り際に、ぺこりと会釈。

すると彼女は小さく、

「……ありがとう、ございます」

と礼を言い、

「気にすることじゃない」

おれはそう返して、今度こそその場を立ち去った。

――高嶺サキと会話ができた人間には不幸が訪れる。

校舎へ戻る途中、いつかどこかで聞いた与太話が脳裏をよぎった。

……なんとばかばかしい話だ。普通によく喋る子じゃないか。

当然だが、おれの身に何か不幸が降りかかることなど一切なく、そもそもそんな噂話があったことすら忘れて――1週間後。

風紀委員が主導して行う「あいさつ強化週間」のさなか、事件は起こった。


「――高嶺さん、君のこと好きらしいよ」


穏やかな春の陽気に包まれた月曜日の朝、校門前でのこと。

2年A組・瀬波ユウカ――どこか小動物じみた彼女は、ニヤニヤと意地の悪い笑みを浮かべながら言ってきた。

おれは頭を抱え、嘆息する。

――なるほど、そうきたか。

朝7時から校門前で仁王立ちになって挨拶の指導を行っていたことも忘れ、おれはおおよそ爽やかな朝に似つかわしくない、深い、深い溜息を吐き出した。

「えっ、なにその反応……？」

「誰から聞いたか知らないが、その噂はデマだ」

「どぅえっ!?　切り返しエッグゥ!?」

「当然だろう」

しかし瀬波ユウカは納得できない風だ。

「ど、どうしてそう言い切れるのさ?」

「どうして?　おかしなことを聞く。あれを見てみろ」

タイミングがいいのか悪いのか、当の高嶺サキ本人が登校してくるところだった。

「……高嶺さんだね?」

「そうだ、高嶺サキだ」

高嶺サキの優れた容姿についてはすでに説明したので割愛するが……、
今日も今日とて彼女は美しかった。

他の生徒たちからの注目を浴びながらも孤高を貫き、威風堂々通学するそのさまはある種、絵画のような神々しさすらある。

「一応、おれなりに考えてみたんだ」

「なにを?」

「高嶺サキばかり、なぜこうも噂が絶えないのか」

「は、はぁ、その心は?」

「まず一つ、高嶺サキは容姿が非常に優れている」

「間島君シラフでよくそういうこと言えるね……？」

「彼女は相当モテるそうじゃないか。眉唾だが1年生の頃に1クラスぶんの男子に告白されたという噂を聞いた」

「ははっ、まっさかァ、さすがの高嶺サキでもそこまでモテやしないよ」

「やはり噂は噂か」

「正確には1ダースぶんの男子ね、全部断ってたけど」

「なんと」

　告白してきた異性の数をダース単位で数える文化などおれは知らない。

　……それはともかく、

「二つ、彼女はミステリアスだ」

「ミステリアスねェ……」

「孤高にして寡黙、高い注目度に反して高嶺サキが周囲に開示している情報は限りなく少ない
——このギャップが様々な憶測を呼ぶのだろうな。見ろ、あの落ち着き払った表情を、明鏡止水の域に達している」

「私にはただ何も考えてないだけに見えるけど……」

「なんにせよ、高嶺の花だ」

高嶺の花。

頭に浮かんだフレーズをそのまま口にしただけなのだが、これが存外しっくりきた。

誰の手も届かぬ高嶺に咲き誇る一輪の花……それが高嶺サキだ。

「反対におれはどうだ」

「ど、どうって？」

「嫌われ者の堅物風紀委員長だ」

「そっ……そーれはどうだろうねぇ……？」

「社交辞令はいい、自覚している」

バカがつくほど正直で、ドがつくほど真面目——それがおれに与えられた評価であった。

そんな性質を買われたのだろう、おれは2年生にして風紀委員長という大役を任され、今まで多くの生徒を口うるさく「指導」してきた。

モテとは真逆、煙たがられているのは承知の上で、だ。

かたや高嶺の花、かたや嫌われ者の堅物風紀委員長。

「——釣り合うはずがない」

そもそも住む世界が違う。

……まったく、こう次から次へとデマを流されては高嶺サキの苦労も想像に難くない。

にわかにそんなことを考えていると……

「い、いやぁ～……？　そうとも言い切れないんじゃないかな～……？」

これにはさすがのおれも眉をひそめる。

「どうしてそこまで食い下がる……？」

「え、ええと、それは、う～ん、女の勘っていうかァ……？」

瀬波ユウカの目が泳ぐ。おれの眉間に力がこもる。

「……待てよ。そもそもその噂はいったい誰から伝え聞いた？　まさか君が発信源というわけではないのだろう？」

「ちっ、違う！　違うんだけど……ん？　違う、くないのか……？」

「……生徒手帳生徒心得1項『日常の心得』。言動・動作は常に品位を保ち、粗野に流れるなかれ――面白半分に真偽不明の噂を流すなど言語道断。もしも君が噂の出所なら……」

「とっ、友だちっ!!　友だちから聞いたんだけど誰から聞いたかは忘れちゃったっ！　で、でもホントだからっ！　そういう噂聞いたんだからっ！」

「そうか」

……しかし厄介なことになってしまった。

瀬波ユウカの言葉通りなら、どうやら噂は広まり始めているらしい。

なら、風紀委員として見過ごすわけにはいかない。

「分かった、そこまで言うなら確認してみよう」

「えっ？　確認ってなにを……」

「――おはよう高嶺サキ、突然だが君がおれに対して好意を抱いているとの噂を耳にした」

「ドュワ――――――ッッッ！？！？！？」

今まさに校門をくぐろうとしている高嶺サキへ声をかけると、瀬波ユウカが聞いたことのない悲鳴をあげた。

一方、高嶺サキは……、

「……はい？」

さすが明鏡止水。表情一つ変えずにこちらを見上げている。

当事者でない瀬波ユウカが隣で泡を食っているというのに。

「ま、ままっ、間島君っ!?　なに！　やってん！　のっ!?　やめよ!?　ねっ!?　朝っぱらからっ！　こんな人目につくとこでさァ!?」

「ちなみに文脈から推察するにここでいう好意とは、どうやらLIKEではなくLOVEらしい」

「やめろォ――――――ッ！？！？」

青い顔をした瀬波ユウカがぴょんぴょん跳ねて、なんとかおれの口を塞ごうとしている。悲しいかな、俺と彼女の身長は20センチ以上離れているのでそれは叶わないが。

それに、おれには今どうしてもこの場で高嶺サキに確認しなくてはならない理由があった。

「お、なんだあれ？」

「高嶺さんが風紀委員長に捕まってる」

「なんか高嶺さんが間島君のことを好き？　って聞こえたけど……」

「ウッソだぁ、聞き間違いだろ？　逆ならまだしも」

「いや逆の方がありえないでしょ！　あの風紀オバケだよ！」

さて、狙い通り登校中の生徒たちから注目が集まりだす。

狙い通り——そう、この状況はおれの狙い通りであった。

思うに、噂というのは中途半端に非公式であるからこそ人々の興味を掻き立て、かえって燃え広がってしまう。

だったら衆目の中で、先日のように高嶺サキ本人が真っ向から噂を否定してしまえばいい。

そうすればどこまで広まったかしらんこのデマも一網打尽にできるだろう。

「——高嶺サキ、改めて聞くがこの噂は真実なのか？」

再びの問いかけ、周りを囲む野次馬たちが自然と前のめりになる。

注目度は十分だ。

あとは先日のように高嶺サキが毅然として一言「それはデマです」と答えてくれれば、そこからはおれがフォローする。

もう二度と、こんなことが起こらないように。

「お」

間もなくして、高嶺さんが口を開いた。

これだけの人数に囲まれても相変わらずの能面、精神的な動揺など微塵も感じられない。

そして彼女は、鈴を転がすような美しい声で……、

「――おどっ、どどどどどうしてそそっ、そんなこと、きっ、聞くんですかっ？」


……うん？

おそらく、その場にいた全員がおれと同じ反応を示した。

瀬波ユウカだけは何故か、半ば呆れた風に頭を抱えていたようだったが。

「た、高嶺サキ？」

「なんっ、ななん、なんですかっ？　どうしましたかっ？」

「こっちの台詞なんだが……」

高嶺サキは彫像のごとく美しい無表情のままであるのに、声が……いや、全身が小刻みに震えている。怯えた兎のようだ。

……ひとまず質問に答えなくては。

「……どうしてそんなことを聞くのか、だったな？」

「ひゅい」

そのしゃっくりのような音は肯定の意なのか、高嶺サキ？

「そうだな、根拠のないデマが横行する状態は、学内の風紀が乱れているととれる」

「ひゅい」

「つまりこれが事実無根のデマであると証明できれば、おれをはじめとした風紀委員メンバーが対応に当たることができるわけで……」

「ひゅい」

おれの話をちゃんと聞いているのか、高嶺サキ？

「……ちなみにこういったデマを流しそうな人物に心当たりはあるか？」

高嶺サキはしばらく間をおいて、はっと我に返ったように言う。

「そそそっ、そんなっ、私そんな、ウソの噂を流すような知り合いっ、いませんよっ」

「では真実なのか？」

「……」

きゅっと口を結んで、だんまりになってしまった。

……なにやら高嶺サキの様子がおかしい。

心なしか頬が赤らんでいるし、普段の彼女からは考えられないほど発声も多い。

もしや噂を流した人物に心当たりがあって庇っている？

それとも悪意ある第三者の存在を信じたくないのか？

　おれには到底考えもつかないが……、

「いいか高嶺サキ、自覚しているだろうが君は非常に魅力的な女性だ」

「ひぇ……」

　高嶺サキが妙にかぼそい声をあげて、瀬波ユウカをはじめとした野次馬のうち数人が噴き出した。

「容姿端麗、成績優秀、品行方正、温柔敦厚、遵法精神……まさしく才色兼備といえる」

「ジュンポーセーシン……？」隣で聴いていた瀬波ユウカが首をひねる。

「ルールに従って行動しようとする精神のことだ」おれは丁寧に解説する。

「いや意味は知ってんのよ、女の子褒める言葉のラインナップにはなかなか入ってこない四字熟語だからびっくりしただけだよ」

「それほど高嶺サキの遵法精神が素晴らしいということだ。なんせ彼女はおれが観測する範囲でただの一度も校則違反、もしくはそれに準ずる行為をしていないのだから。華美な化粧をせずとも、スカートを折らずとも、その高潔な精神はなにより美しく照り映えている」

「…………」

「…………」

「…………間島君が風紀委員長だからじゃないのォ」

「なに？」

「――――ッッッ!!」

　何が起こったのだろうか、瀬波ユウカの意味不明な発言の直後、高嶺サキが突然に瀬波ユウカを後ろから羽交い絞めにしてしまった。もちろん「能面」のまま。

　テディベアみたく両脇を抱えられた瀬波ユウカはいっそうんざりした風である。

「……おれが風紀委員長であることと高嶺サキの人柄になにか関係があるのか？」

「ね――サキサキ――もう面倒くさいから全部ネタバラシしてもいい――？　私疲れてきたんだけど――」

「ネタバラシ？　なにをだ」

「な、なななななっ、なんでもないですよっ、き、気にせず、お話し続けてください」

「私を盾にするんじゃないよ」

「瀬波ユウカを間に挟んだままでいいのか？」

「だ、大丈夫ですっっ、こここ、この方が落ち着きますので」

「そうか、本人がそう言うならこのまま話そう」

「お――いちがうぞ――本人は私だぞ――私の意思を確認しろ――」

「さっきも言った通り、高嶺サキ、君は非常に魅力的だ」

「チクショ――マジでこのまま始めやがった――」

「人間としても女性としてもだ。それはおれが保証する。しかしだからこそ君に対して悪感情を抱く者もいるだろう。今は言いづらいというなら、あとでもいい、もし何か困ったことがあるのなら、おれはいつだって力になるからな」

「頼む――カッコいい台詞(せりふ)を吐く前にこのイカレた状況を客観視してくれ――」

「……」

瀬波(せなみ)ユウカが疲れ果てた声で叫んでいるが、背後に隠れた高嶺(たかね)サキからの返事はなかった。

またもだんまりだ。

しばらく待つと……瀬波ユウカが大きな溜息(ためいき)を吐き出す。

「……間島(まじま)君さぁ」

「どうした？」

「多分君は、すっっっごく鈍か……真面目で正直な人間だと思う」

「謙遜(けんそん)したいところだが、ここは素直に受け取ろう」

「だからこそこの状況はわけ分かんねーんだろうねー」

「わけ分からねーのは確かだ」

「わけ分かる方法教えてあげるよ」

「ほう」

「サキサキが私の後ろで今どんな顔してるか見てみな、それでたぶん全部分かるから」

「顔？」

いつも通りの能面ではないのか？

おれは身を乗り出して、言われた通り彼女の背後を覗き見る。

高嶺サキは……瀬波ユウカの背中に顔面をぴったり密着させていた。当然表情は見えない。

かろうじて分かったのは、彼女の耳が紅葉よろしく真っ赤に染まっていたことだけだ。

「……高嶺サキ、悪いが顔を見せてくれないか？」

「ぼふぉっそふぉ」

何か言っているようだが聞き取れない。

「背中が生暖かくて気持ち悪いよォ」

瀬波ユウカがぼやいている。

「高嶺サキ、もし、おれが何か気に障るようなことをしてしまったなら謝る、だから顔を見せてほしいんだ」

「ぼふぉす……」

「サキサキ――もう観念しちゃった方が楽だって――間島君はこういう人間だからさ――口に出さないと永久に伝わんないよ――」

「……」

「？」

瀬波ユウカの説得の意味は……はっきり言っておれにはよく分からなかったが、それは少なくとも高嶺サキの心を動かしたらしい。

「……」

彼女はようやく瀬波ユウカの元を離れた。

顔を伏せたままであったので、表情は窺えなかったが……、

高嶺サキは、ゆっくり言葉を紡ぎ出す。

「その、間島君、さっきの噂、なんですけど」

「ああ」

「じ、実はあれ、噂とかではなくて」

「噂とかではなく？」

野次馬たちが揃って息を呑む。

この場にいる全員が高嶺サキ一人の言葉を待っていた。

「その、だから」

高嶺サキが胸の奥から言葉を絞り出す。

いつもの淡々とした声音ではない。

彼女の吐き出す言葉にはなんらかの熱が宿っているように感ぜられて、

「私は、私は……！」

彼女はやがて決意に満ちた力強さで面を上げ、

　その表情は、すでに「能面」ではなく、

「私は、間島君のことが――――！」

　俺と目が合うなり――、

「ぁ」

　彼女の中にあった決意の炎は、何故(なぜ)か一息に鎮火してしまったらしく、
　高嶺サキの顔が一瞬にして「能面」に戻った。


「――うっ、噂じゃなくて完全にデマです」

　静寂……、
　朝の上高前(カミコー)を再び、静寂が包み込んだ。

「……ふむ、やはりそうか」

　時間が止まったような静寂の中、おれはこくりと頷(うなず)く。

「――聞いたな皆！　今回は見逃すが本来こういった悪質な流言は指導対象だ！　噂話も大概にするように！　以上！」

　その言葉を皮切りに、野次馬たちの間で張り詰めていた緊張が一気にほどけるのを感じた。

「なんだデマか」

「は――――っビックリした、マジで告白始まるのかと思った」

「うらやましすぎて間島のこと殺すところだったよ」

「でも高嶺さんがあんなに喋ってるとこ初めて見たね」

「いつもとだいぶ様子が違ったけど、もしかして恋バナとかニガテなのかな?」

「へー、だったら高嶺さんって意外と親しみやすいかも」

「教室いこーっと」

「そういえば今日は歯科検診あるんだよなぁ……」

校門前の人だかりは三々五々、各々がいつも通りの日常へ帰還していく。

まるで何事もなかったかのように日常が回復する。

……さて、俺もまた日常の一部に戻る時間だ。

「正直に話してくれてありがとう高嶺サキ、これからは二度とこういったことが起こらないよう、おれは学内の風紀改善・治安維持に努める。なにか相談があれば遠慮なくしてくれ」

「あぁっ……」

「じゃあおれは失礼する」

二人に別れを告げ、その場を後にする。

かくして我らが上高は、完璧にいつも通りの日常を取り戻した。

「……なにやってんのサキサキ」

背後から瀬波ユウカの声が聞こえてきたが、いかんせん小さな呟きなので、内容まで聞き取ることはできなかった。
とにもかくにも安穏無事——何事も平和が一番である。

■高嶺サキの章■

——みなさまは『ウィンザー効果』というものをご存知でしょうか？


英語表記ではWindsor Effect。

アメリカの女性作家アーリーン・ロマノネスの著したミステリー小説『伯爵夫人はスパイ』に登場するウィンザー伯爵夫人の台詞、

「第三者の褒め言葉がどんな時でも一番効き目があるのよ」

に由来する、心理効果のことを指すわけですが……。

簡単に説明すると「本人から直接聞いたことよりもクチコミの方が信用できるよね～」ということです。

主にマーケティングで活用されるこちらの手法ですが、実は恋愛においても非常に有効。

第三者伝にあなたの好意を伝えれば、オクテなあの子も、ニブいあの子も、疑り深いアイツも、たちまちあなたのことを意識しちゃうかも!?

……って、

「書いてあったのにいいいいぃっ………」

上高(カミコー)別棟3階、今は使われていない空き教室で私は慟哭(どうこく)しました。

ここならいくら泣いても叫んでも誰かに聞かれることはないので安心……。

でしょうけど、さっきから私を見下ろすユウカちゃんの視線が痛いです。

「……みんなの前とはえらい態度が違うねぇ、サキサキ」

「ねえ!! 私が上高じゃユウカちゃんとしかマトモに喋(しゃべ)れないの知ってるくせに意地悪言わないでくださいよ!!」

「そんぐらい素直に気持ちを伝えられたら、あの場で付き合えてたかもねェ」

「無理ですよ! あんな大勢の人が見ている前で直接気持ちを伝えるなんて不可能です! 間(ま)島(じま)君のことがす、すすすす好きだなんて……」

「たった一言『はいその噂(うわさ)は本当です』って答えるだけでよかったのに。むしろあそこまでお膳立てされて無理なら何しても無理なんじゃない?」

「……ス……っすん……」

「静かにすすり泣くな! 朝から気が滅入る!」

すすり泣きたくもなりますよそりゃ。

今からモテる!

　だって……

「渾身の作戦だったのに……」

「普通の男子ならまだしも相手が悪い。あんたの好きな男はあの鈍感マジメ風紀オバケだぞ」

「ま！　じ！　ま！　君！　ですよっっ!!　ユウカちゃんまで変なあだ名で呼ばないでください!!」

「あーはいはい間島君ね。高嶺サキの好きな人は間島ケンゴ君です」

「改めて口に出さないでくれませんかっ!?　誰かに聞かれたらどーするんですかっ!?」

「めんどくさっ」

　さて、そろそろ皆さんにもご理解いただけたでしょうか？

――高嶺さん、君のこと好きらしいよ。

　この言葉はデマどころか噂ですらなく、ただ１００％の真実。

　何故ならこれは、ちょっと口下手な私が直接ユウカちゃんに頼んで伝えてもらった私の気持ち、そのものなのですから!!

　……まぁ結果は惨敗でしたけど。

「勇気振り絞ったのにぃぃ……っ」

「おい待てコラ、たった一人の親友を利用して好きな男にステマするのを勇気とは呼ばないんだよ。……あと心理効果とかもっともらしいこと言ってるけどやってることはめっちゃベタだからな」

「イマモテにはこれで間違いなく意識させられるって書いてあったのになぁ……」

「無視だよ」

私はスクールバッグから付箋(ふせん)のびっしり貼られた一冊の本を取り出します。

イマモテ——ネットで人気の恋愛クリエイター、mori先生が著した恋愛ハウツー本『今からモテる！　超・恋愛心理学講座』の略で、私のバイブルなのですが……

「……いつ見てもうさんくせェ本」

「なんてこと言うんですか!?　この本には恋愛のノウハウが全て詰まってるんですよ!?」

「今までに一度だって誰かと付き合ったことなんかないくせに」

「これから実証してみせますからっっ!!」

ユウカちゃんの意地悪に私はすっかり立腹です。

「ふーーん、いいですよー、もうユウカちゃんには頼りません。なにもイマモテに載ってるアプローチ方法は一つだけじゃないんですからね。次こそ必ず間島君を振り向かせて……」

「……今更だけどサキサキって間島君のどーいうところが好きなの？」

「ええとですね！　まずなんといって意志の強そうな切れ長の瞳！　眉間(みけん)のシワも渋いですよね！　誰かに指導する時の真剣な表情なんてもうたまらないんですよ！　あとあと！　センター分けの前髪から覗(のぞ)くおでこもすべすべしていてつい触りたくなっちゃいますし、あとあと

あとあと近くで見ると意外と睫毛が長くて、性格面では」

「分かった分かった分かった！　私が悪かったから手短に！」

「……私のことを助けてくれました」

間島君は、私のことを救ってくれたヒーローで、
彼のことを好きになった理由は、結局のところ、そんな呆れるぐらい単純な理由で、
でも、それを自覚していてもなお、立ち止まりたくないぐらいには彼のことが好きで、

「だから私、絶対に間島君とお付き合いしたいんです」

一度や二度の失敗で挫けてたまりますか。

なんせイマモテ曰く『恋愛を成就させる要素の九割は勇気と根気』！

「私はこれから勇気と根気と恋愛心理学で間島君のハートを射止めてみせます！」

「つーかそんな回りくどいことしてないで直接告っちゃえば？」

「正面から告白して普通に断られたら一生立ち直れないので無理です！　告白して100％オッケーをもらえる確証があるなら、あるいは……」

「勇気ねェ～～～」

「…………えへ」

「えっなに？　いきなりニヤついて……壊れた？　……てか笑顔こわっ」

「そういえばさっき間島君が私のこと魅力的って言ってくれたなぁと思って……えへへへへ」

もちろん恋する乙女は無敵なので、ユウカちゃんのゴミを見るような目も効かなかったわけですが。

「……ていうかサキサキ、間島君はともかくあっちの方は大丈夫なの？」

一転して、ユウカちゃんが神妙な表情になります。

「あっち？」

「ほら……サキサキまた変な噂流されてたんでしょ、私も聞いちゃったんだけど……」

「……ああ」

珍しく歯切れの悪いユウカちゃんを見て、すぐに察しました。

きっと1週間前に女子3人から駐輪場で聞かれた、あの噂についてでしょう。

なんだかんだ言って、ユウカちゃんはいつも一番に私のことを心配してくれます。

「大丈夫ですよ、もう慣れちゃいました」

「慣れていいわけないでしょ!?　私がもしあんなデマ流してるヤツ見つけたら絶対に――！」

そこまで言って、ユウカちゃんは口をつぐんでしまいました。

……確かに、私のひどい噂を陰で流している人がいるらしい、というのは本当です。

でも、きっとユウカちゃんも分かっているのでしょう。

これだけ広まった噂の出所を探し出すなんて、もはや不可能だということを。

「人の噂も75日、放っておけばみんな忘れますよ」

……本当は75日どころかもう1年近くずっと続いていて。

根も葉もない噂そのものより、私にははっきりとした悪意を持つ人が存在するという事実の方が、心が苦しくなるのですが……。

それをあえては言いません、ユウカちゃんを心配させてしまうので。

「私が口ベタで愛想も悪いのがいけないんです」

「……そんなわけない」

友達のために、そんなにも痛切な表情ができる。

私もユウカちゃんぐらい豊かに感情を表現することができればよかったのになあと、しみじみ思いました。

■間島ケンゴの章■

「――間島クン、高嶺さんに告白してフラれたってマジ!?」

……委員会の仕事を終え、教室へ戻る途中。

見知った顔から開口一番そんなことを言われた時には、さすがのおれもうんざり顔を隠しきれなかった。

「なんか噂になってたよ!?　朝っぱらから校門前で高嶺さんを口説いてたって!!」

興奮気味にこちらを見上げてくる小柄な彼の名を、岩沢タツキという。

中性的な顔立ちに白い肌、少年的な声質もあいまってしばし女性と間違えられる。

「えっ!?　それマジかよタツキ!?」

そしてその隣でぎょっと目を剥き、仰天しているのが荒川リク。

声とリアクションのデカさに比例して、175センチのおれが見上げるほど身長が高い。

あまり頭の回る方ではないが、バスケ部のエースでたいそう女子にモテる。

岩沢タツキと荒川リク。

何もかも正反対な二人だが、左腕の腕章は彼らが同じ風紀委員メンバーであることを示しており……同時に中学時代からのおれの親友でもある。

——が、だからといって容赦するつもりはなかった。

「岩沢」

「えっ、間島クンなにを……ヒィっ!?」

おれが岩沢の肩を掴むと、彼はたちまちそのベイビーフェイスを恐怖に歪めた。隣で見ていた荒川も同様にだ。

これは彼らが以前言っていたことで、おれに自覚はないのだが……

どうやら機嫌が悪い時のおれは、相当恐ろしい顔をしているらしい。

「な……なになになにっ⁉　ボクなんか変なこと言った⁉」

「岩沢……そのデタラメな噂は誰から聞いた……？」

「いっ、1年C組の板貝ソウタから聞きましたぁっ‼　さっき、中央玄関でぇっ！」

「まさかとは思うが、その噂を第三者へ流したりしたか……？」

「しっ、してないしてないしてないっ‼　今っ‼　初めて誰かに話しましたぁっ！」

「……荒川」

「お、オレもいま初めて聞いたぞ⁉　本当に！」

「そうか……悪かったな」

おれはそこでようやく岩沢を解放する。

「こ、腰が抜けた……」

「うわー……ケンゴのキレかけたとこ久々に見たわー……」

「はぁ……噂には尾鰭がつくというが、そのうち羽まで生えそうな勢いだな」

一つ噂を潰したら、また新たな噂が生まれてきたかたちだ。

高嶺サキの苦労も推して知るべし、といった感じである。

「……いいか二人とも、真実はこうだ。高嶺サキがおれに好意を抱いているという根も葉もない噂の真偽を、おれが朝、校門前で高嶺サキに直接確かめ、そして否定された。それ以上でもそれ以下でもない」

　これからこうしていちいち説明しなくてはならないことを考えると、今から気が滅入った。

　どうやら二人は相当な衝撃を受けていたようだったが。

「……えっ!?　ケンゴ、それサキちゃんに直接訊いたのかよ!?　皆の前で!?」

「噂を元から絶つにはそれが一番早いだろう?」

「そっそりゃそうかもしれないけど……いかにも間島クンっぽいエピソードだなぁ……」

　おれっぽいというのがイマイチ引っかかるが、なんにせよ正しいことをしたはずだ。

　そう思っていたら、荒川がはっとなって、

「──でもそれ結果だけ見ればケンゴが高嶺さんにフラれたのと一緒じゃね?」

「…………は?」

「……あれ?　確かに荒川クンの言う通りだ」

「ちょっと待て、おれが高嶺サキに交際を申し込んだわけでもないのにどうしてそうなる?」

「だって面と向かってはっきり『その噂は嘘です』って言われたわけじゃん?　それって公衆の面前でフラれたようなもんじゃね?」

「そーそー、そうだよね」

　岩沢がけらけら笑い出す。

　……ああそうか、そういうことになるのか。

「なるほど、荒川の言うことも一理ある」

「ま、あの間島君が色恋沙汰なんかに興味あるわけないだろうけどねー、あはは……」

「そうか、失恋というのは初めてだが……なるほど、案外堪えるものなんだな」

「えっ」「えっ」

二人が呆けた声をあげる。

しばし、奇妙な間があったのち……、

「──もしかしてケンゴって高嶺さんのこと好きだったの⁉」

「えぇぇぇぇ────っっ⁉」

「廊下であまり大きな声を出すな」

校則違反……ではないが、さすがのおれでも恥ずかしい。

幸い他の生徒の姿は見えないが……。

「まっ……間島クンってそういうのキョーミない人だと思ってたんだけど⁉」

「そんなこと一度でも言ったか？　おれだって年頃の男子だ」

「で、でもほらっ、いつもだったら『生徒手帳なんとか規定なん項……』とか言って⁉」

「我らが上村高校において、男女間での健全な交際は禁止されていない。言わずもがな、異性へ好意を寄せることも」

あとそのやけに険しい顔はおれのマネか、岩沢？

「なんだ？　おれが特定の女子へ好意を持つのはそんなに悪いことか？」

「いやっ！　悪かねーけど……！　じゃあなんで好きな子にそんな態度とれんだよ⁉」

「そんな態度？　よく分からんがおれの好意と風紀委員長としての活動はまた別問題だろう」

「まっ、マジメすぎ――――っっ！」

岩沢と荒川が今にも卒倒しそうな勢いで仰天している。

彼らはいわゆる凸凹コンビであるクセに、こういう時ばかり息が合う。

「それに問題はない。おれは初めからこの気持ちを高嶺サキに伝えるつもりなんてなかったんだから」

「どっ、どうしてさ⁉　男女間での健全な交際は認められてるんでしょ⁉」

「校則的に問題はない、ただ」

おれはこんなにも分かり切った答えを口に出すことを、心の中で自嘲した。

「おれなんかに好かれても、迷惑だろう」

「……」「……」

二人は、しばし互いに顔を見合わせて、

「……そんなことねえと思うけどなー」

「だよねえ」

二人揃って瀬波ユウカと同じようなことを言うので、思わず失笑してしまった。

どうやらおれの周りには優しい人間しかいないらしい。

「さあさあ無駄話は終わりだ、いい加減教室へ行くぞ」

「間島(まじま)クン、昼休みコーヒーでも奢ってあげるよ」

「奢るのはともかく奢られるのは好かん。それにコーヒーは体質に合わない」

「ケンゴ、のど飴(あめ)あるけどいるか？」

「もうホームルームが始まる。気持ちだけ受け取るよ」

……とは言いつつも、彼らの優しさは素直にありがたかった。

どうやらおれは自分が思っている以上に繊細な人間であったらしい。

どうせ叶(かな)わないと分かり切っていたはずなのに……


――たかだか3年の片想いが散っただけで、こんなにも心が揺れるとは。


「おれはまだまだ未熟だな……」

「ケンゴはかっけーよ」

「ボクもそう思う」

嫌われ者の堅物風紀委員長であるおれだが、こういう時慰めてくれる友人を持てたのは、ほとんど奇跡だな。

第一部　告白は3か月以内にすべし

■高嶺サキの章■

——みなさまは『告白3か月の法則』というものをご存知でしょうか？

『今からモテる！　超・恋愛心理学講座』、通称『イマモテ』。

第一章『あなたの知らない恋愛の仕組み』によると……

なんと、驚くべきことに、

（本当に驚きすぎて私は椅子から転げ落ちてしまったのですが）

異性への告白は、出会ってからの期間が長ければ長いほど成功率が低くなるのだそうです！

これはまさしく青天の霹靂であり、

（本当に、本当に驚きすぎて私は、しばらく放心してしまったのですが）

革命的発想でした。

だってふつう、出会ってからの期間が長ければ長いほどお互いをよく知れるじゃないですか？

そしたらよりお互いを好きになれるじゃないですか？

私のような恋愛ビギナーはそう思ってしまうわけですが……これはデータに裏付けされた理論なのであります。

なんでもイマモテによる統計の結果、最も異性への告白の成功例が多かったパターンは「出会ってから3か月以内」なのだそうで。

この3か月目をピークとして、あとは右肩下がりに成功率が減少していくのだとか。

すなわち……

「――私はあと3か月以内に間島君へこここ、告はきゅしなくてはいけないのです！」

「告白って単語すらマトモに言えないのにィ？」

ユウカちゃんから半ば呆れた風に指摘されて、私はかーっと顔面が熱くなりました。

――ちなみにここは私の部屋であり、学校終わりにユウカちゃんと二人で今朝の口コミ作戦における手痛い失敗の反省会を行っているところですが……。

ユウカちゃんときたら、私のベッドに寝そべって漫画を読んでいます。

……いやまぁ私の恋愛相談に付き合ってもらってるわけだから贅沢は言えないんですけど、もうちょっとこう、乗ってくれてもいいじゃないですか……中学からの付き合いなんですし、ねえ……？

……気を取り直して、

「せ、正確にはあと2か月と半月以下ですけどね。間島（まじま）君と駐輪場で喋（しゃべ）ったのが4月7日で、今日は4月25日なので」

「細けェ～～」

ユウカちゃんが漫画のページをめくりながら言います。

そんなに面白いですか？　その漫画が……。

「……ん？　でも間島君ってそもそも私たちと中学一緒じゃない？　もうとっくに出会って3か月以上経ってると思うけど」

「あの頃は……私恋愛とかよく分からなかったのでノーカンです！」

「アバウトな、まあ長引かせると恋愛対象ってより友だちっぽくなっちゃうからね。早めに決着つけた方がいいってのは私も同感、その胡散臭（うさんくさ）い本もたまにはいいこと書いてあるじゃん」

「イ！　マ！　モ！　テ！　胡散臭くないですってば！」

「つーか期限を設けないとサキサキは一生告白なんかしない」

「そっ……そんなの分からないでしょう」

「賭（か）けてもいいよ」

ユウカちゃんが横目でこちらを見てきます。

「私たちが上高（カミコー）に入学してもう1年経ったわけだけど……サキサキ、高校で私以外とマトモに喋れるようになった？」

「うっ！」

痛いところを突かれて思わず目が泳ぎます。それがなによりの答えでした。

ユウカちゃんが深い溜息を吐いて、

「……サキサキが間島君からなんて思われてるか知ってる？」

「なんてなんてなんて!?　間島君からなんて言われてるんですか私っ!!」

「近い近い近いっ!!　ミステリアスだよっ！　ミステリアスって思われてる！」

「えっ!?　それってもしかして……私のこと好きなんですか？」

「おめでたすぎる！　……コラ！　ニヤニヤするな！　誉め言葉じゃないっての！　学校であまりにも自己主張しないから『よく分からない人』って認識されてんだよ！」

「……！」

計らずも私自身がウィンザー効果を食らうかたちとなってしまいました。

ショックが大きすぎて、次の言葉が見つかりません……。

「ほら！　そういうとこ！　なんて言ったらいいか分かんなくなるとすぐに真顔で黙り込んじゃうそのクセ！　それ直さない限りは一生不思議チャンだって！」

「……」

「だめだ圏外になってる」

ユウカちゃんは呆れた風に言って、再び漫画の世界へ戻っていってしまいました。

……そりゃあ、私だって頭では分かっています。

ただ人見知りで気が弱いだけならまだしも、こんな風に口数まで少ないと伝わるはずのものだって伝わらない……。

でも、それでも、

「心にもない言葉を吐くよりは、ずっとマシだと思うので……」

それが、たっぷり時間をかけて絞り出した、偽らざる私の本心でした。

「……」

ユウカちゃんはもう一度横目でこちらを見ると、
ふぅ――っ……と長い溜息(ためいき)を吐き出して、

「……分かった！　分かったよ！」

なんだかんだ言っても、ユウカちゃんは中学時代からの私の唯一の親友なわけで。

時々……いえしょっちゅうひどいことも言うけれど、

「じゃあ聞かせてもらおうじゃないの！」

いつだって、最後は私のワガママに付き合ってくれるんです。

「『イマモテ』曰(いわ)く、どうやったらあの鈍感マジメ風紀オバケを落とせるのさ？」

「……策はあります。あと間島(まじま)君のこと変なあだ名で呼ばないでください」

前置きが長くなりましたが、いよいよ披露する時が来たようです。

イマモテに学んだ、私の恋愛必勝法を。

決起集会（二人）翌日、２限と３限の間にある少し長めの休み時間のこと。

私は昨日ユウカちゃんに力説した必勝の作戦を実行するべく、物陰から様子を窺っておりました。

校内で間島君を見つけるのはさほど難しいことではありません。

何故ならば彼の声はよく通り、その堂々たる立ち姿は唯一無二で。

あと……純粋に目立つからです。

「――そこ！　２年Ｃ組・小谷ユウヤ！　生徒手帳服装規定４項『装飾品』にピアスは禁ずると書いてあるだろう！」

「ゲッ！　なんであの距離から見えるんだよ!?　でもこれはイヤーカフだぜ！　残念だったなデコッパチ！」

「ならよし！　しかしもう少し目立たないものに変えて授業中は外すように！　待てそこ！　２年Ａ組・新屋シロウ！　歩きながらのスマホ使用および廊下でのスマホ使用はともに禁じられている……！」

たとえ休み時間でも、風紀委員長・間島ケンゴはフル稼働でした。

廊下を歩く間島君はその刃物のように鋭い眼力で即座に校則違反者を見つけ出し、痛快に斬り捨てていきます。

　その時の真剣な横顔ときたら、思わず溜息が漏れてしまうほどですが……

「……近づけません」

……どうしましょう。あまりにも隙がなさすぎます。

私はここにきて思いっきり二の足を踏んでいました。

「金屋リカ！　またスカートを折っているな!?　生徒手帳服装規定1項『服装』でスカート丈は膝が隠れる長さに、と何度言ったら……」

……間島君、忙しそうですし、また今度にしましょうか……。

臆病風がぴゅうぴゅう吹き始めました。

しかし……私はぶるぶると頭を振って、臆病な自分を追い払います！

イマモテ曰く『行動あるのみ』！

ほら！　間島君の周りに人のいなくなった今がチャンスです！

私は勇気を振り絞って物陰から飛び出しました！

「こっ、こんにちは間島君！」

「うん……？」

振り向いた彼の眼差しは相変わらず凛々しく。

これを向けられた途端、心臓が跳ね上がって喉に詰まるような感覚を覚えたわけですが……。

『早い段階での好きバレは極力避けるべし』というイマモテの教えに従って私はポーカーフェイスに努めます。

「ああ、高嶺サキか」

間島君が私の名前を呼びます。

いつも通り、静かながらもよく通る落ち着いた声音で。

表情も、振る舞いも、雰囲気も、極めていつも通り……。

「……どうした？」

……つい先日あんなことがあったばっかりなんだから、少しぐらい気にしてくれたっていいじゃないですか……。

私ばっかりドギマギして、なんだか不公平です！

危うくむくれるところでしたが、ポーカーフェイス、ポーカーフェイス……。

「おれに何か用か？」

間島君が怪訝そうに眉間へきゅっとシワを寄せます。

――そして私は、まさにこの瞬間を待っていました！

「いえ、大した用ではないんですけどね……」

私もまた眉根に力を込めて、きゅっと眉間へシワを寄せました！

――ミラーリング効果。

「同調効果」や「姿勢反響」とも呼ばれる心理学用語の一つ。

イマモテ曰く「人間は無意識的に好意を持つ人間と同じ動作を行う。そして自分と同じ動作を行う人間に対して無意識的に親近感・好感を抱く、その心理効果のことを指す」のだそうで。

この効果を狙って意図的に相手の行動をミラーリング（真似）することにより、対象との心理的な距離を縮める心理学的テクニックがあるのだとか！

すなわち相手が足を組めば、こちらも足を組む。

頬を掻けば、頬を掻く。

眉間にシワを寄せれば、当然こちらも眉間にシワを寄せる！

相手の動作・仕草をひたすら真似るだけで相手は親近感を覚え……あら不思議！　気付いたら両想いに！

これこそが私みたいなオクテ女子でも実行できる必勝の策！

名付けて「ミラーリング作戦」！

の、はずでしたが、

「……おれはなにか君の気に障るようなことをしたか？」

「えっ」

予想外の反応が返ってきて言葉に詰まりました。

心の距離が縮まるというより、少し離れたような気さえします。

そ、そんな馬鹿な……？　私の予定と違うんですけど……？

「もしやこの前の校門前での一件についてか？　おれは風紀委員長としての職務を全うしたつもりだったんだが、知らず傷つけてしまっていたのならすまない」

「あ、いえ、ちがっ、別にそういうわけでは」

「じゃあどうしてそんな力いっぱい睨みつけてくる？」

「いやっ、これはその、睨んでるってわけではなくって、その、ミラー、じゃなくて」

「ミラー？」

間島君が不思議そうに首を傾げます。

あっ！　ミラーリングっ！

私は内心パニックになりながらも、律儀に間島君と同じ角度で首を傾げます！

首を30度右に傾け、上目遣いに間島君を睨みつけながらアワアワする私……

傍から見てひどく奇妙に映ることに気付くのはまだまだ先のお話。

「違うんです、その、私、今日は間島君に、お話がありまして」

「なにか相談か？　人に聞かれてまずいことなら場所を移すが……」

「へっ？」

間島君がおもむろに辺りを見回したので、私もそれに倣います。

すると――いつの間に！

さっきまで誰もいなかったのに、今では私と間島君を中心に人だかりができているじゃないですか⁉

「おっ、高嶺さんがまた間島に絡まれてる」

「もしかして告白再チャレンジ？」

「すげー情熱的、間島は恋愛とか興味ないのかと思ってた」

「……ってか高嶺さんめっちゃ睨んでない？」

人だかりからそんな声が聞こえてきて、私はかあっと顔面が熱くなるのを感じました。

な、なんか知らないけど注目されてる⁉　というか告白⁉

よく分からないけど私、間島君から告白されちゃうんですか⁉

頑張ってポーカーフェイスを保っていますが、頭の中はもう完全にパニック状態です！

「君は本当によく人の注目を集めるな」

間島君がしみじみ言って、こめかみより少し上のあたりをぽりぽり掻きました。

ち、違います！　目立っているのは間島君であって決して私なんかでは……っ！

……あっ⁉　というかミラーリング！

私は反射的に間島君を真似て頭を掻こうとして――

「っ⁉」

――すんでのところで手を止めます。

危ない！　さっき間島君に話しかけるために頑張ってセットした前髪が崩れるところでした！

でもミラーリングをしないと作戦が……イマモテから学んだ必勝の策が……！

「くっ……！」

そんな葛藤（かっとう）の末、私の指先がなにもない空間をぽりぽり掻きました。

もう完全に意味不明です。

「……さっきからなにをやっているんだ？」

「なにやってるんでしょうね、私は……」

とうとう口に出てしまいました。

皆から注目されて、恥ずかしさはとっくに沸点を超えています。

絶対、間島君から変な女だと思われてる……！

ああ、こんなことなら最初からミラーリングなんてやらなきゃよかった。

みんなに見られている前で私は、私は……

「う……」

恥ずかしい、恥ずかしい、恥ずかしい！

周りの視線を意識した途端、あまりの恥ずかしさに目頭が熱くなりました。

ダメです、こんなのダメだと分かっている、はずなのに、

私の意思とは関係なく、目の奥から熱い雫がこみあげてきて……、

「あ……」

やってしまいました。

とうとう抑えきれなくなって、右目からぽろと大粒の雫がこぼれます。

その時――、

「――動くな」

間島君が小さく呟いたかと思うと、

「えっ……？」

――次の瞬間、私の右頬にハンカチが当てられていました。

周りを囲んだ人たちが、一斉に「おぉぉっ!?」と沸き上がります。

私はただ目を見開いて、間島君を見つめたまま固まるしかありません。

え、あれ？　私今どうなって……

「すまん咄嗟だった。事情はよく分からないが、ソレは見られたくないだろう」

間島君が私にだけ聞こえる声量で呟きました。

……その、いつも通りに落ち着いた声音が、
ハンカチ越しに添えられた右手が、
なんだかとても温かくて、

「ハンカチは安物だから返さなくていい、とりあえず場所を移そう」

私は、つい……、

自分の右手を……、

「……うん？」

間島君が声をあげます。

「えっ」

周りを囲むみんなが揃って目を剥きます。

「……」

そして私は目の前の光景が理解できずにただ固まっていました。

ゆっくりと、スローモーションに時間が流れます。

そして緩慢な時間の流れの中で、私はイマモテの一文を思い出していました。

――ミラーリング効果。

――人間は無意識的に好意を持つ人間と同じ動作を行う。

「……あ、ああ……っ!?」

私はようやく状況を呑み込んで顔を青ざめさせました。

あろうことか私は、間島君が私の涙をハンカチで拭き取ってくれたように――無意識のうちに彼の頬へ右手を添えてしまっていたのです。

なんと奇妙な構図でしょうか。

向かいあった男女が、お互いの右手を相手の頬へ添えて……、

「高嶺サキ……？」

さすがの間島君も、私の奇行には当惑の色が隠せないようで。

「あ……え、ち、ちがうんです、間島君、これは……」

なにが違うんでしょうか？　私にも分かりません。

ただ一つ確かなのは、お腹の底からマグマのような熱い羞恥がぼこぼこと湧き上がってくることで……、

「……え？　あの二人キスすんの？」

――どこかからそんな声が聞こえてきた瞬間、ついに私の中のマグマが噴火しました。

「……ケサランパサランが」

「うん？」

「ケサランパサランが、ついていて……」

「ケサランパサランが……？」

「さっ、さようならぁっ!!」

「高嶺サキ!?」

周りの目に、なにより不思議そうな間島君の目に、もう一秒だって耐えられませんでした。

私は咄嗟に踵を返して、一目散に廊下を走り出します。

が、

「――高嶺サキ！　廊下を走ってはいけない！」

後ろから間島君の呼び止める声が聞こえました。

「あっ――」

パニックになった私の頭でも「校則違反をしたら間島君に嫌われる」ということを考えるぐらいの余裕はあって、
慌てて急ブレーキをかけたわけですが、これがかえってよくなくって、要するに……

「あぶっ！」

――廊下のど真ん中で、皆の見ている前で、思いっきり転びました。

集まった皆の間に、大きなどよめきが起こります。

「うわっ!?　こけた!?」

「い、痛そう……」

「……高嶺さん、どうしたんだろ」

皆の声が聞こえてきて、もはや恥ずかしいとかそういう次元ですらありません。

おまけに転ぶときに足首まで捻ったらしく、惨めさでまた涙が出そうになりました。

「ううう……」

本当に、本当に私は何をやっているんでしょうか……？

このまま消えてなくなりたい……

そんな考えに頭が埋め尽くされた、その時です。

「——大丈夫か高嶺サキ」

「っ⁉」

頭上から間島君の声がしました。

その優しさは素直に嬉しいのですが、同時に彼にだけは今の私の顔を見られるわけにはいきません……！

「突然大声を出してしまってすまない。足首を捻ったんだな？　立てるか？」

「……」

口を開けば泣いてしまいそうだったので、答えることすらできません。

するとと優しい彼は、おそらく私が「痛みから声も発せない」のだと、そう勘違いしてしまったのでしょう。

「わかった、掴まっていろ」

「……へ？」

彼の言葉がどういう意味か理解するよりも早く、私の身体はふわりと宙へ浮いて、

「えっ」

皆の驚く顔が見渡せて、
間島(まじま)君の二本の腕が、私の身体(からだ)を支えていて、
間島君の顔が、すぐそこにあって、
――簡単に言えば、お姫様抱っこをされていました。

「〜〜〜〜〜〜ッ!?」
「保健室まで運ぶ！　散れ散れ！　道を空けろ！」
皆の雨のような視線と、妙な歓声が降り注ぐ中、
私は保健室へ運び込まれるまで、一度だって間島君の顔を見ることができませんでした。

間島君の処置は驚くほどに早く、そして正確で、

「……うん、こんなもんだろう」

あっという間に、私の足首がテーピングされました。

「中学の頃、部活でよくやっていたんだ、身体が覚えていたな」

ひととおり醜態を晒(さら)し、
皆の前でお姫様抱っこをしてもらって、
挙句好きな人から生足に手当をしてもらう。

という、女子として一生分の恥ずかしさを体験できるイベントの数々で、さすがに恥ずかし

さのヤマを越えました。

「……ありがとうございます」

保健室のベッドに腰かけた私は、わざわざ床へ跪いてまで、私の足の手当をしてくれた間島君へお礼を言います。

「気にするな、……ところでいいのか？」

「な、なにがですか？」

「何かおれに話したいことがあったんだろう？」

「…………」

私はポーカーフェイスを保ったまま、内心で「あちゃー」と額を叩きました。

そもそも今回間島君に話しかけた主たる目的は、ミラーリング効果の実践であり、「話したいこと」の内容など毛ほども考えてはいなかったのです。

ミラーリングでお互いの心の距離を縮めつつ、なんかこう、ライブ感で、ウィットに富んだトークを……

などと考えていた自分の浅はかさを恨むばかりです。

「……ええと、ですねぇ……」

「おれにわざわざ声をかけてくるということは、おそらく前回のデマの件についてだろう？」

「……その」

「言いづらいか？　しかし保険室の今宿先生なら外出中でしばらく戻らない。今なら誰にも聞かれないぞ」

……言いづらいです。

本格的に「ただ間島君と雑談をしたかっただけなんです」なんて言える雰囲気じゃなくなってきました！

というか私！　気付いていませんでしたが今保健室で間島君と二人きりなんですか!?

た、大変です！　意識したら一気に緊張してきましたっ!!

「間島君、その、あの、私」

「決して他言はしない、力になれることがあれば遠慮なく言ってくれ」

「…………」

あああああ、無理無理無理無理無理！

こんな真剣な表情の間島君に、正直に伝えるなんて絶対に無理です！

なにより、これ以上間島君を心配させたくありません！

「……な、慣れました」

「なに？」

「大丈夫ですよ、変な噂流されるの、もう慣れたので、間島君も気にしないでください。風紀委員長って、忙しいですし、他にやるべきことが……」

「――そんなものはない」

間島君は、私の目をまっすぐ見て、きっぱりと言い切りました。

「相談されたことの一つ一つに真摯に向き合い、ただ力を尽くして解決する――おれにとっては全てがやるべきことだ。進路相談も、恋愛相談も、人生相談も、貴賤はない」

……ああ、忘れていました。

彼は恥ずかしげもなく、どこまでもまっすぐに、

そんなかっこいいことが言えてしまう人だということを。

「……が、おれも超能力者ではないため、相談されていないことには応えられない」

間島君が立ち上がって、こちらに背を向けます。

「今すぐとは言わない、気が向いたら教えてくれ、おれはいつでも相談を受け付ける。ではお大事に」

そして彼はそう言い残すと、保健室から出て行ってしまいました。

「……」

保健室に一人取り残された私は、肩をがっくり落として「ふぅ」と一息。

ずっとドキドキしっぱなしで、さすがに私も疲れました……。

「本当に恥ずかしかったです……」

ミラーリング作戦は完全な失敗に終わりました。

どうやら間島（まじま）君にはまだかろうじて嫌われていないらしい、というのが唯一の救いです。

……一体、何が悪かったんでしょう？

「もう一度、復習しないといけませんね……」

私はベッドの下に落ちたイマモテを拾い上げて……、

「うん？」

……違和感。

あれ？　そういえば私、保健室にイマモテ持ってきてましたっけ？

というかこのイマモテ付箋（ふせん）が貼ってありませんし、私のより古いような……？

「あ、あのぉ……それ私の本なんだけどぉ……」

「え？」

声がした方へ振り向くと……、

隣のベッドとの間を仕切るクリーム色のカーテンの陰から、こちらを覗（のぞ）き込む髪の長い女性と目が合って、

「ひゃああああっ!?」

と、悲鳴をあげてしまいました。

「ご、ごめんごめんごめんっ脅かすつもりはなくって！」

髪の長い彼女は、大慌てで頭を下げてきます。

危うく心臓が止まるところでしたが、彼女は……、

「……平林(ひらばやし)さん？」

「は、はいぃ……」

震えた声で返事をするのは、２年Ａ組の平林キーコさん。

直接話したことはありませんが、教室の隅で背中を丸め、いつも一人静かに読書をしている大人しめの女子……という印象です。

「体育の時間にお腹痛くなっちゃって、それからずっとここで寝てたんだけど、なんか間島君と高嶺(たかね)さんが真面目な話始めそうな雰囲気だったから、出るに出られなくなっちゃって……」

「な、なるほど……」

全然気付きませんでした……間島君も気付いていないようでしたし……

いや、それよりも、

「……これ、平林さんのものなんですか？」

私はさっき床から拾い上げたイマモテを指します。

彼女がこくこくと頷(うなず)くので――私はたちまち笑顔になってしまいました！

「平林さんも読んでるんですか⁉　イマモテ⁉」

私は前のめりになって尋ねます。

平林さんは最初私の変わりようにびっくりしていたようですが、

「え、ええ、一応ね」

そう答えてくれたので、私は更ににんまりとしました。

普段、ユウカちゃんから「胡散臭い本」だの「恋愛クリエイターってなんだよ」だの、散々くさすようなことばかり言われてきましたが……ここにきてようやくイマモテ仲間ができました！

彼女とはほぼ初対面なのに、十年来の友人だったような気さえしてきます！

「なんだか自分のことみたいに嬉しいです……！」

「な、泣いてる……？　なんか高嶺さんって噂で聞いてたキャラと違う……」

「泣きもしますよ！　それよりこれ！　名著ですよね!?」

「そ、そう？　そうかも……」

「やっぱり！　あぁやっと話の分かる人が現れてくれました……！」

「……」

感動、感動に打ち震えました。

平林さんはそんな私を見て、少し考え込むように押し黙ると、おもむろに言いました。

「……高嶺さんは、間島君が好きなの？」

「えどっ!?　どどど、どうしてそれを……!?」

と思いかけましたが。

よく考えてみれば、さっきの間島君とのやり取りの直後、イマモテを手に取った私を見れば一目瞭然だろうと思い直して、

「……そ、そうなんです、恥ずかしながら」

イマモテのよしみです。

私は初対面である彼女にその秘密を打ち明けました。

すると彼女は、

「……間島君は、やめた方がいいと思う」

「へっ？」

平林さんの口から発せられた衝撃的な一言に、私は頭から冷や水を浴びせられた気分でした。

彼女はどこか沈痛な面持ちです。

も、もしかして……、

「まさか平林さんもイマモテに学んだテクニックで間島君を落とそうと――！」

「あ、それは大丈夫、私自分より身長高い男ムリなので」

「あっ、そうなんですね……」

珍しいです。

「そうじゃなくて、間島君自身に問題があるから忠告したの……」

渾身（こんしん）の推理が外れて顔を赤くしていると、平林さんがまた衝撃的なセリフを吐きました。

「問題って？」

「みんな知らないみたいだけど、私聞いちゃったの……『東中の間島』の噂……」

「『東中の間島』……？」

「高嶺さんは……確か上村東中でしょ？　だ、だったら知らない？　その噂……」

彼女はまるで怪談でも語るみたくその声に怯えを孕ませながら言いますが、残念なことに、本当に初耳です。

「……ちなみにどういう噂か教えてもらってもよろしいですか？」

「中学時代の間島ケンゴは教師も手をつけられないぐらいの不良だったたって話よっ！」

物静かな印象の平林さんが、青ざめて声を張り上げました。

「校舎の窓ガラス割ったり、気に入らないって理由で他人の持ち物を破壊したりなんて日常茶飯事！　教師の目の前でクラスメイトを半殺しにして停学食らったたって噂も聞いたわ！　いっ、今でこそ風紀オバケなんて言われてるけど、あれは仮の姿よ！　だってあの目は狂犬のソレだもの!!」

彼女は一息で言って、はぁはぁと肩を上下させます。

一方私はきょとんと、

「狂犬……」

と、平林さんの言葉を繰り返しました。

狂犬、狂犬……間島君が、狂犬？

「……ふっ、アハハハハ！」

平林さんには悪いですが、思わず噴き出してしまいました。

だって、おかしくてたまりません！　まさかあの話がそんな風に伝わってるなんて！

「なっ、なに……!?」

「ごめんなさい！　つい……！　その噂の出所らしきものは私も知っていますよ！　『東中の間島』っていうのは初めて聞きましたけど……！」

「え、じゃあ……」

「――デマに決まってるじゃないですか！　そんな人じゃないですよ間島君は！　というかそんな怖い人を好きになったりしませんよ！　私は！」

「デマ……？」

「そうですよ！」

私が肯定すると、平林さんの肩からすとんと力が抜けます。

噂の火元には一応心当たりがありますが、それにしたってすごい伝言ゲームを目撃してしまいました……！　お腹がよじれそうです……！

そんな風に一人でけらけら笑っていると、平林さんはどこか狐にでもつままれた風に言いました。

「……私、高嶺さんのこと誤解してたかも」

「うん?」私は笑いを堪えながら、聞き返します。

「高嶺さんってもっとクールで、恋愛とかぜんぜん興味ないイメージだったから……」

「ええ? そうですかぁ?」

思わず口元がだらしなく緩んでしまいました。

へーっ、私って人からはクールに見えてるんですね、えへへへへへへへへへへ、平林さんちょっと引いてません?

「…………あ、あと間島君のことも誤解してた。デマ……なんでしょ? 恥ずかしい、あんなデマ信じちゃって……」

「お、思い出させないでください……!」

東中の間島。

本当に面白すぎます。あとでユウカちゃんにも教えてあげませんと……!

「でも誤解が解けてよかった……だって怖すぎるもの、現風紀委員長がクラスメイトを半殺しにして停学なんて――」

「――あ、それだけは本当ですよ」

「えっ」

平林さんの顔面がさぁっと青ざめます。

その反応が面白くて、私はもう一度噴き出してしまいました。

■間島ケンゴの章■

おれが高嶺サキの手当てを終えて、保健室から出てくると、

「あっ」「あっ」

壁に背中を預けて暇そうにする荒川と、そしてちょうど保健室の引き戸に耳を当てていたらしい岩沢と鉢合わせた。

ほんの少しの硬直状態があったのち。

「ち……違うんだよっ⁉」

まだ何も言っていないのに、岩沢は勝手に弁解し始めたではないか。

「ボクはその、純粋に間島君と高嶺さんのことが心配になって！　……決して盗み聞きをしていたとかではっ！　面白がっているわけじゃないんだ！」

「え？　さっきケンゴがサキちゃんにキスを迫ったって皆に言いふらしてただろ」

「わっバカ荒川おまぶぎゅっ⁉」

問答無用、おれは噂好きでお喋りで身長の低い親友を締め上げた。

「……そんなふざけたデマ、二度と口にするんじゃない」

「ぐ、ぐるじい」

「う、うぉぉぉ……タツキの顔が豆腐みてえに白くなっていく……」

「高嶺サキはおれの頬についたケサランパサランをとってくれただけだ」

「あい……ゲザランバザランでず……」

「生徒手帳生徒心得1項『日常の心得』。言動・動作は常に品位を保ち、粗野に流れるなかれ」

「わ……わがってばず……もうおもじろがっで変な噂で盛り上がったりしばぜん」

「よし」

おれはそこでようやく岩沢を解放する。

浜辺に打ち上げられた昆布よろしく、床に崩れ落ちる岩沢はともかくとして……

「荒川！」

「どっどうしたケンゴ⁉」

「また妙な噂を流されているんだが⁉」

「え？　いや俺も見てたけど割と本気でキスしちゃうのかと……あ、ウソ！　なんでだろうな⁉　不思議だな！」

「くそっ、一体どうすればいいんだ……！」

おれは校門での一件からずっと、彼女に関するあらゆる風説の流布を止めようと試みているわけだが……

「どういうわけか！　おれがなにかアクションを起こすたびに新しい噂が流れてしまう！」

「純粋に目立つんだよなぁ、サキちゃんもケンゴも」

「……盲点だった！」

荒川の発言はまったく的を射ている。なにも注目度が高いのは高嶺サキに限らないのだ。

悪目立ちという意味ではおれも同様である。

「いっそ高嶺サキのためにも、今後一切彼女に関わらない方がいいのだろうか……」

人の噂も75日、ということわざもある。

結局のところおれたちにできることは静観以外にないのだろうか？

そんな風に頭を悩ませていると……

「いやあ、俺はそうは思わないなー」

荒川があっけらかんと言った。

「何故だ？」

「だってさー、前までのサキちゃんの噂って、俺もちょっと聞いたことあるけどひどいのも多かったじゃん？　コジンに対するヒボーチューショーっつーの？　なんかそんな感じで」

「……まぁ、それは否めないが」

「でも今流れてるサキちゃんの噂ってそれに比べりゃカワイイもんじゃね？　ケンゴに告られたーとか、キスされそうになったーとか」

「……む」

言われてみれば、そうなのか？

確かに今流されている噂(うわさ)は高嶺(たかね)サキ自身の名誉を傷つけるものではない……

……というかいつの間にか噂の主語が「高嶺サキ」から「おれ」にすり替わってないか!?

あとキスしようとなんて、していない！

「ケンゴが色々やったおかげで噂、上書きできてんじゃね？」

「仮にそうだとしてもデマを別のデマで上書きするなんて不誠実だ！　それに気もない相手との、そういう噂を流されるのは誰だって困るだろう！」

「う～～～ん、まあ一般論で言えばそうだけどさぁ……」

荒川(あらかわ)はなんだか釈然としない様子だ。

「……結局、サキちゃんってケンゴになんの話をしにきたんだろうねー」

「また分かり切ったことを」

あの高嶺サキが、風紀委員長であるおれに声をかける理由なんて一つしかないだろう。

「この前のデマの件で相談にきたに決まっている。きっと相当な勇気を振り絞ったはずだ。それを野次馬連中が群がるものだから感極まってあんな……」

「あんな？」

「……いや、なんでもない」

あの涙についてはおれの胸にしまっておくとする。

不甲斐ない。高嶺サキの心境を考えると、相談すらしてもらえない自分の無力が情けない。

生徒を泣かせておいてなにが「学内の風紀改善・治安維持に努める」だ。

風紀委員長としての職務を全うしなくては。

「とにかく高嶺サキの中傷について風紀委員は調査を続けること！　以上だ！　さあ散れ散れ！」

「へーい」

「……」

おれは荒川（と、伸びている岩沢(いわさわ)）に伝えると……おもむろに、自らの頬(ほお)に触れた。

「ん？　ケンゴなにやってんの？」

「……いや、まだケサランパサランが残っていないかと思ってな……」

第二部　気になる相手との食事は隣に座るべし

■高嶺（たかね）サキの章■

――ランチョン・テクニック

アメリカの心理学者グレゴリー・ラズランが明らかにした心理作用であります。

みなさんも覚えがあるのではないでしょうか？

家族会議、お見合い、商談、親睦会……

交渉とは常に、食事の席で行われるものです。

何故（なぜ）か？

それは「食事の席で行われる交渉ほど成功しやすい」からです。

人間とは単純なもので、空腹を満たすことによって生じた快楽を相手の印象と結びつけてしまうらしく……

「おなかがいっぱいでうれしい！」とか「料理がおいしくてうれしい！」というポジティブな

感情を「彼はいい人だ！」というポジティブなイメージに結びつけてしまうのだとか！

　さらに食事に集中した人間はえてして判断能力が低下するため、相手に対し否定的な意見を持ちにくくなるというおまけつき。

　つまり食事をともにすると、相手にポジティブな印象を与え、なおかつ交渉の失敗率が下がるという――


「まさしく攻守兼ね備えた完璧な作戦ではありませんか！」

　名付けて『一緒にランチ作戦』！

　ゴールデンウィークの長い休みの内に丹念に練り上げた計画を、私はお馴染みの空き教室で高らかに宣言します！

「桜が見頃になったねェ」

「……ユウカちゃん、せめて話ぐらいは聞いてくれませんか？　寂しいので……」

「聞いてたよ、お昼を一緒に食べて仲良くなろうってハラでしょ。そんでなにを交渉するのさ」

「えっ？」

「えっ？　じゃないよ、間島君となにか交渉するんでしょ」

「……そうでした」

「そんなことだろうと思ったよ」

確かに、手段ばかりに気をとられて肝心の交渉内容を決めていませんでした。

どうしましょう……「付き合ってください」？　いやムリムリムリ……

「週末どこか遊びに行きませんか？」……いや飛ばしすぎ飛ばしすぎ……

じゃあ……

「ま」

「ま？」

「MINEのID……交換してください……」

ただの予行演習なのに、口に出しただけで顔面がかあああっと熱を持ちました。

「……おお、サキサキにしては無難な案で逆に驚いた。いいじゃん連絡先の交換、ハードルもそこまで高くないし、恋愛の第一歩って感じ」

「そ、そうですか？　恋バナ関係で初めてユウカちゃんに褒められました。えへへへへへ」

「ただその作戦、いっこだけ問題があるね」

「え？」

「あの噂知らない？　『風紀委員長・間島ケンゴは昼休みに姿を消す』」

「なんですかそれ……？」

「言葉の通り、昼休みになると間島ケンゴは姿を消す。居場所も理由も誰も知らないって」

「……カンペキに初耳です」

私はいつも一人、この空き教室で昼食をとっていたものですから……

「ゆ、ユウカちゃんは知ってます？　間島君が昼休みどこにいるか」

「逆に私が風紀オバケの居場所を知ってると思う？」

間島君のこと変なあだ名で呼ばないでください——なんて言っている場合じゃありません。

「どっ、どどどっ、どうしましょう……!?」

「いちいちパニックになるんじゃないよ、どうするって決まってんじゃんそんなの」

ユウカちゃんがおもむろに指を差します。

その人差し指は、間違いなく私の方へ向いていて……

「サキサキが、自分で、聞くんだよ」

「…………………へ？」


というわけでその日の昼休み。

私はいつも通り空き教室へ——は向かわず、C組教室に向かいました。

いつもは4限終了のチャイムが鳴るなり、そそくさと空き教室へ向かう真正ぼっちの私ですが、今日ばかりは勝手が違います。

「……」

胸の動悸を抑えながら教室の中を覗き見ます。

すると、ユウカちゃんから聞いた通り、窓際の一角であの二人が机をくっつけて言い争っていました。

「……タツキ、お前まだその紙パックのプロテイン飲んでんの？」

「ほっとけよ！　１８０センチ超えにボクの苦労が分かるもんか」

「プロテインに身長を伸ばす効果なんてないぞ」

「ふん！　…………えっ、ウソ？」

風紀委員の荒川（あらかわ）リクと岩沢（いわさわ）タツキ――、
彼らは間島（まじま）君と同じ風紀委員であり、中学時代からの親友。

恐らくこの上高（カミコー）で間島君について最もよく知る二人と言えるでしょう。

間島君の居場所を聞くならまさにうってつけ。

でも……、

「こ、こわい……」

いざ教室の前まで来てみると心臓がバクバク鳴りだしました。

いえ、本当のことを言うとこの作戦を決めてからずっと動悸（どうき）がおかしいのです。

――ご存知の通り私は極度の人見知りで、学校でマトモに話せるのはユウカちゃんぐらいという有様。

そんな私が別クラスにたった一人で乗り込む。

その上、ほとんど面識のない男子二人に話しかけるというのは、あまりに……

「……あれ？　高嶺さんじゃね？」

「ウソ⁉　ウチのクラスになんの用だろ」

「相変わらず綺麗な顔してんなー」

ああああ！　しかも教室の前で立ち往生しているものだからC組の人たちから注目されだしてしまいました！

「うう……」

お守り代わりに持ってきた付箋だらけのイマモテをぐっと握りしめます。

心臓のバクバクがいっそう強くなり、もう苦しいぐらいです。

「……怖い」

怖い。

人の目が怖い。

知らない人が怖い。

い、いや、男の人はもっとだ。

どうしても足が竦んで、言葉に詰まり、そして……思い出してしまう。

忘れてしまいたい、中学時代のことを――。

「っ……」

……今日はもうやめてしまいましょうか。

固く目を瞑ると、そんな後ろ向きな感情が私の中に顔を出してきます。

考えてみれば間島君への告白のタイムリミットまで、あと2か月ちょっとの猶予があるわけで。

それなら他の手段を探した方が賢明ではないでしょうか？

もっとこう、安全で、確実で、私の傷つかない方法が……

「…………いえ」

足の震えが止みます。

安全で？　確実で？　私が傷つかない方法？

――私はいったい、誰を好きで、誰に告白しようとしているんですか？

「……イマモテ曰く」

私は、お守り代わりに持ってきたイマモテへ視線を落とします。

びっしり貼られた付箋は、私の思いの数――

「『恋愛を成就させる要素の九割は勇気と根気』……！」

口の中で小さく唱えれば、もはや迷いはありませんでした。

私は単身教室へ乗り込み、一直線に二人の風紀委員の下へ向かいます。

「あれ？　高嶺さ――」

「なにやって──」

「お、おい──」

途中、私を見たC組の皆が口々に何か言っていたような気がしますが、全て雑音でしかありませんでした。

私は人混みをかき分けて、彼らの席にたどり着くなり、

「食事中すみません」

「だから！　最近のプロテインにはタンパク質だけじゃなくって骨格筋の成長を助けるカルシウムやビタミンDも添加されていて……うん？」

「……サキちゃん？」

岩沢(いわさわ)さんと荒川(あらかわ)さんが揃(そろ)ってこちらを見上げました。

クラス中の驚いたような視線が私に集中しているのを感じます。

顔が熱いです、変な汗が出ています、呼吸も乱れているのでしょう。

でも……校門前で間島君と喋(しゃべ)った時の恥ずかしさと比べたら、なんでもありません！

「──お二人に、お聞きしたいことがあります」

■間島ケンゴの章■

上村市はいわゆる雪国であり、毎年冬になると冗談みたいな量の雪が積もる。4月になるまで町中のそこかしこに泥で汚れた雪が残っていたほどだ。

そんな場所であるからして桜の開花は非常に遅く、したがって――

5月上旬、桜が見ごろであった。


おれは踊り場の窓から校庭を見下ろして、しみじみ思う。

ここは薄暗く、黴臭くて、おおよそ食事に適した場所ではないが……静かなのがいい。

静けさがおれに四季の移ろいを感じさせてくれるからだ。

「……桜もちでも作ってみるか」

おれもまた春の陽気にあてられてしまったのだろうか。

柄にもなく独りごちて、弁当箱の隅で塊になった菜の花の胡麻和えをつつく。

いつもと変わらない味、いつもと変わらない昼休み。

何事も安穏無事だ――そう思った矢先、

「……む」

階段を上る足音が聞こえてきて、おれはいったん箸を置いた。

……また誰か来たのか。

「――扉は施錠されている。屋上には入れないぞ」

足音の主が立ち止まった。

いつもは大抵、これで引き返してくれるのだが……、
どういうわけか足音は近づいてきた。

「？」

聞こえなかったのだろうか？

もう一度忠告しようとして……階段を上ってくる意外な人物の姿を認める。

「高嶺サキ？」

「……こんにちは」

おれが名前を呼ぶと、彼女は相変わらずの能面でぺこりと会釈をした。

「どうしてここに……？」

彼女の登場があまりにも意外だったため、おれは座ったまま固まってしまう。

すると彼女は無言で階段を上ってきて、
すとん、と。

おれの隣に腰を下ろした。

「お、おい……」

「…………………荒川君と岩沢君に、聞きました」

「なに？」

「間島君が昼休み、必ずここ——屋上前階段で昼食をとっていると」

確かに、おれがこの場所で昼食をとっているのはあの二人しか知らないはずだが。

じゃあ……、

「わざわざおれに会いに来たのか？」

「……これを、返したかったんです」

そう言って高嶺サキが差し出してきたのは、綺麗に折りたたまれた一枚のハンカチだった。

「あの時は……その、ありがとうございました……」

「……ああ、なるほど」

納得した。

そのハンカチはおれが1週間ほど前に高嶺サキに渡したものだ。

「返さなくてもいいと言ったのに」

柔軟剤のいい香りがした。洗濯をしたうえ丁寧にアイロンまでかけてある。律儀なことだ。

なるほど、これを返したかったのか。それならおれが一人になる昼飯時を狙ってきた意味が分かる。

ああ、すっきりした——待て。

「高嶺サキ、なぜ菓子パンの封を開ける？」

「お昼まだなので、私もここで食べますね」

「いや、しかし」

「しかし、なんですか？」

その吸い込まれそうな瞳でまっすぐ見つめられると、おれはやはり目を逸らしてしまう。

「……おれと一緒にいるとまた妙な噂を流されるぞ」

「構いません」

「馬鹿な。根も葉もない噂を流されて困らないわけが」

「——構いま、せん」

強い否定の言葉に驚いて、彼女を見る。

高嶺サキは……どういうわけか首から上だけ向こうを向いていた。

その表情は窺えないが、かろうじて見える左耳が季節外れの紅葉のように赤く染まっている。

そういえば、以前もこんなことがあったような……

「どちらにせよこんな黴臭いところ、誰も来ません」

「なるほど、それもそうだ」

いよいよおれに固辞する理由がなくなってしまった。

……それに、彼女が風紀委員長である俺の下へわざわざ尋ねる理由に、心当たりがもう一つある。

十中八九、前回の続き——例のデマの件で相談に来たのだろう。

そうであれば、もちろん無下にするわけにはいかない。

「じゃあお言葉に甘えて、おれも昼食を続けさせてもらうよ」

「……はい、お構いなく」

おれは再び箸をとり、無言で食事を再開する。

前回の渡り廊下での件もある。これは思ったよりもデリケートな話題だ。こちらから無理やり話を引き出すのは控えよう。

彼女が自然と話しだすのを待つんだ。

「……」

「……」

……それにしても不思議な状況だった。

嫌われ者の堅物風紀委員長であるおれが、何故かあの「高嶺のサキ」と並び、二人きりで昼食をとっている。今にもお互いの肩が触れそうな距離で、だ。

もちろん、高嶺サキだって好きでおれと昼食をとっているわけでないというのは分かる。

分かるが……思えば高校に入学してから誰かと昼食をともにするなんて初めてのことだった。

「……間島(まじま)君は」

ふいに、高嶺(たかね)サキが口を開く。

「どうしてこんな場所で昼食を？」

なるほど、本題に入る前に緊張をほぐすための雑談、ということか。

「クラスの皆はおれがいない方が心も休まるだろう」

「はい？」

「おれは風紀委員長として風紀の乱れを指摘する義務がある。しかし同時に、昼飯時ぐらい多少肩の力を抜いてもいいと思っているわけで」

「……はあ」

「要するに、せっかくの昼休みにおれみたいな堅物が教室にいると皆、息が詰まるだろう」

だからおれは昼休みになると、ここで一人昼食をとる。

そして時たまやってくる「ドラマかアニメの影響で、立ち入り禁止の屋上へ入ろうとする生徒」を注意しているわけだが……。

「……間島君は別に嫌われてないと思いますけど」

「瀬波(せなみ)ユウカと荒川(あらかわ)と岩沢(いわさわ)にも同じことを言われた」

「それでも自分は嫌われ者だと？」

「気持ちは嬉しいが、風紀委員長とはそういうものだ」

「どうしてそこまでして」

「秩序を守るには誰かが嫌われないといけないんだ」

「難しいですね」

「そうでもない」

会話が途切れる。

遠くの教室の喧騒、桜の木々が風に揺れる音、校庭で自主練をするサッカー部の掛け声、小鳥のさえずり、ソフトテニス部がラケットで白球を打つ音……。

窓から爽やかな風が吹き込む。

「……そ、そのお弁当、手作りですか？」

「これか？　老人食のようで恥ずかしいのだが」

菜の花の胡麻和え、さわらの西京焼き、かぶ漬け、フキの煮物など。

自分で言うのもなんだが、あまり高校生らしくはない弁当だ。

「そんなことありません、美味しそうです」

「ありがとう、今日のは割とうまくできた方だったんだ」

「えっ」

「なんだ？」

「間島君の手作り……？」

「そうだが」

「そ、そうなんですね、あんまり上手なので、てっきり親御さんが作ったのかと……」

「両親はいない、叔母の家で厄介になっている」

「あ……す、すみません……」

「何故謝る」

言ってから、しまったと思った。

高嶺サキの無表情は相変わらずだが、さすがのおれでも分かる。返答を誤った。

おれ自身が受け容れているからと言って、周りの人間もそうとは限らない。

相談を受ける立場であるおれが、逆に自分の話で相手を気まずくさせてしまうなんて……。

「……すまない」

「いえ、そんな……」

……どうにもおれはこの手の雑談というやつに向かない。

ともかくこのままでは高嶺サキの心は閉じたままだ。

なにか、なにか話題を変えるようなものは……うん？

「待て、なんだ君、そのやたらでかいシュークリー……」

「マリトッツォです」

「まりと……」

「マリトッツォです」

食い気味に答えてくれた。

「名前だけ聞いたことがあるが、これがそうなのか」

「ダイゴヤの新商品です、今ＳＮＳで大人気のスイーツですよ」

「……今ＳＮＳで大人気？」

おれもよくは知らないが、ソレの流行りはひと昔前に終わったんじゃないのか？

上村市はとかく田舎で、田舎すぎるあまり世間一般の流行から隔絶されている。

最近、そんな噂が上村市民の間でまことしやかに囁かれているが……。

「マリトッツォはイタリアの伝統的なお菓子で、その起源は古代ローマまで遡ります。たっぷりの生クリームをパンで挟んだものを基本形として、本場イタリアではこのスイーツの中に婚約指輪を隠してプロポーズをする風習があり、それがマリトッツォの語源になったとも……」

……なんにせよ高嶺サキが楽しそうなので、野暮は言うまい。

「流行に敏感なんだな、君がそんなに喋るところは初めて見た」

「わ、私そんなに喋ってました？」

「自覚がなかったのか？　すごく楽しそうだったぞ」

「楽しそう……でしたか……」

高嶺サキは何か思うところがあるのか、指でぐにぐにと頬をこね始める。

整った顔を無遠慮に指でこねる仕草が、なんだか赤ん坊のようでおかしかった。

「おれは流行ものに疎いから勉強になったよ。ところで食べないのか？」

「食べたいんですけどね」

高嶺サキは小さな眉間にシワを刻みながら、じっとマリトッツォを睨みつけている。

一体何をしているのだろうか？　少し考えてから気付いた。

なるほど、彼女の小さな口にソレは大きすぎる。

「上下で半分に割って、上半分でクリームをすくいながら食べるのはどうだろう？」

「なるほど！」

高嶺サキはすかさず言われた通りにクリームをすくい始めた。

よっぽどお腹が空いていたのだろう、能面は相変わらずだが、それでもパンにかぶりつく彼女の目はきらきらと輝いている。

「おいひいです、ベリーとクルミが入っています。これは革命的です」

せっかく半分に割ったのに、彼女はハムスターみたく頬を膨らませながら食レポまでしてくれた。一気に頬張ったせいで口の端にはクリームがついている。

ミステリアスな彼女の意外と子どもっぽい一面に、おれは思わず……、

「あ」

高嶺サキと目が合う。

しまった、女子の食事をまじまじ観察するのはよくない。

慌てて謝罪の言葉を口にしようとしたのだが……

次の瞬間、あまりの衝撃に、そんな考えははるか彼方へ吹き飛んでしまった。

「……間島君の笑った顔、初めて見ました、へへ」

「な――」

衝撃、衝撃であった。

ただただ落雷に打たれたような衝撃に、なすすべもなく言葉を失うしかない。

――高嶺サキが、笑っている。

口の端にクリームをつけたまま、
子どものように無邪気に、悪戯っぽく、
整った能面を、その美貌を、惜しげもなく「くしゃり」として、
そしてその笑顔は――他でもない、おれに向けられていて――。

「笑うと、そんな顔してるんですね」

「……別に普通だ」

普通なわけがない。

目を逸らして、かろうじてそう返すので精一杯だった。

……こんな至近距離で、初めて好きな人の笑顔を見てしまった。

「……？　どうかしましたか？」

「いやなんでもない、ぼーっとしていただけだ」

平静を装って、再び昼食へ戻った。

おれはバカか？

高嶺サキは真面目に相談をしにきているというのに何を勝手に浮かれている？

第一おれは——高嶺サキにフラれたのだろう。

塊になった菜の花の胡麻和えを、まとめて口の中に突っ込んだ。

「ごちそうさま」

おれは手を合わせて唱えると、弁当をまとめて立ち上がった。

「えっ⁉　もう行っちゃうんですか」

「ああ、邪魔したな」

いや、後からやってきたのは高嶺サキの方だったか？　まあどっちでもいいが。

「で、でも、昼休みまだ半分残ってますけど……⁉」

「悪いが風紀委員の仕事がある、校内の見回りに掲示物の貼り替え……あと5月の標語も考えなくては」

「標語……」

あまり知られていないが、毎月の標語作成も風紀委員の大事な仕事の一つだ。

ちなみに4月の標語は「あいさつと　えがおでつながる　by the way」。

……こんなのがひと月もの間校内のいたるところに貼り出されていたのだと思うと改めて怖気が走った。

珍しく荒川がやりたいと言うので試しに任せてみたらこのザマだ。

by the wayが文末にくることなどありえるものか。「ちなみに」なんだ、ちゃんと最後まで言え、無駄に五七五なのも腹が立つ——のはさておき、

「そんなわけで、もう行くよ。久しぶりに楽しい昼食だった」

「あ……」

「以前も言ったが、おれは風紀委員長としていつでも生徒の相談を受け付ける。では黴臭いところだが、ゆっくりしていってくれ」

最後は慣れない冗談で締めくくって階段を下りる。

やはりおれと高嶺サキは一緒にいない方がいい。また妙な噂を流されてしまうから。

……しかし今日の昼食は久しぶりに楽しかった、これは本心だ。

おれらしくもなく、明日からまた一人で昼食を食べるのが寂しくなるぐらいには——。

「——ま、待ってください！」

ちょうど階段の踊り場に差し掛かったところだった。

おれが突然の大声に驚いて振り返ると、高嶺サキが階段の上からおれを見下ろしていた。

なにやら焦燥に駆られた様子で。

「わ、私！　今日は、間島君にどうしても話したいことがあって――！」

高嶺サキが慌てて立ち上がる。

その時だった。

「あっ」

彼女が立ち上がった、そのはずみに、
なにやら一冊の本が彼女の膝から滑り落ちた。

「あっ、うそっ、あわっ、わっ」

彼女は落下する本へ反射的に手を伸ばしたが……これがかえってよくなかった。

そのまま放っておけば、本はただ彼女の足元に落ちただけであろう。

しかし勢いよく突き出した彼女の右手が運悪く本に命中、空高く打ち出され、

「あっ……」

スローモーションに動く世界の中、
舞い上がった一冊の本は、綺麗な放物線を描き、
ぱあん、と良い音を立てて。

踊り場にいるおれの足下に、
落ちた。

「……」

地球上のあらゆるものが重力に逆らえないように、自然とおれの視線も足下に落ちる。

そして……見た。

もはや「生えている」と表現した方がいいのではないかというほど、びっしり付箋の貼られた一冊の本。……その表紙を。

「――わあああぁあぁぁぁあ――――ッッ!?!?!?!?」

「うおっ!?」

彼女の細身の、一体どこからそんな声が出るのだろう。

校内全てに響き渡るほどの絶叫が、頭上から轟いた。

あまりの声量に、びくりと肩を震わせてしまったほどだ。

「なっ、なん……?」

「～～～～ッッッ!!!!」

高嶺サキが凄まじい速さで階段を駆け下りてくる。

茹で蛸みたく顔を真っ赤にして、激しく内履きを鳴らしながら。

そして彼女は、あっという間に踊り場までやってくると、

「ふんっ!」

呆然と立ち尽くすおれの足下から、目にも留まらぬ素早さで「本」を回収した。

「ふ──っ……！　ふーっ……！」

「………その、高嶺サキ」

「見ましたかっ!?」

「その……」

「見ましたかっっっ!!」

……鬼気迫る、とはまさにこのこと。

般若のごとき形相でこちらを睨みつけてくる高嶺サキに、嘘など吐けようはずもなく。

「いや、まあ………見たんだが」

「っ………！」

今度は高嶺サキの顔がさ──っと青ざめた。

もしも「この世の終わりのような顔」を表現するコンテストがあれば優勝間違いなしといった具合だ。

そしてそんなにも真に迫っていたからこそ、おれはつい圧倒されてしまって、

「……別に、恥じることではないと思うのだが」

次の言葉を吐くまでにしばらくの時間を要した。

「むしろ感心じゃないか、学校の勉強だけでなく心理学まで学んでいるなんて」

「………へっ？」

高嶺(たかね)サキが声をあげて、こちらを見る。

「……心理学？」

「表紙に心理学の文字が見えた、違うのか？」

「えっ、あ、その……ほ、他には？」

「他？　一瞬だったのでよくは……ああ、付箋(ふせん)が貼ってあったな、勉強熱心なことだ」

「へあ……」

高嶺サキが気の抜けた声をあげて、へにゃへにゃとその場に崩れ落ちた。

なんだか分からないが……

「ともかく来週は中間考査がある。成績の秀でた君には余計なお節介かもしれないが、そちらも忘れないようにな」

「ひゃひ」

その空気の抜けるような音は返事か？　高嶺サキ。

ともあれ、

「じゃあな」

おれは今度こそ階段を下って、その場をあとにした。

内履きをぱたぱた鳴らしながら一人階段を下りていく。

昼休みも中頃だ。

階段に他の生徒の姿はなく、窓から差し込んだ日の光で宙を舞う埃が輝いている。

……もう、大丈夫だろう。

「危なかった……」

再三言うようだが、やはりおれは嘘を吐くのがニガテだ。

高嶺サキの落とした、あの本。

あんな派手派手しく書かれたタイトルの中で、ひときわ小さい「心理学」の文字だけが目に留まるわけはない。

——臆病な恋とはもうさよなら！　新世代の恋愛戦略！

今からモテる！　超・恋愛心理学講座

気になるあの子が、気になるあなたへ——

「全文読んでしまった……」

しかも帯文までがっつりと！

「高嶺サキはモテたいのか……？」

いや、彼女は今でも法外にモテていることからそれは考えづらい。

それならば特定の誰かへ好意を寄せていると考えるのが自然だろう。

気になるあの子が気になるあなたへ、だ。

「……高嶺サキにも好きな人がいたんだな」

自嘲的な笑みが漏れた。そりゃそうだろう。

高嶺サキだって恋をする――。

こんなのは意外な一面でもなんでもない、ごく当たり前のことだ。

そしてそんな当然のことをいまさら認識したおれは大マヌケである。

「……それにしても、高嶺サキからあれだけ思われるヤツは幸せ者だな」

高嶺サキの気になる相手が誰なのかは知らないが……あの本にびっしり貼られた付箋を見ればイヤでも分かる。

彼女は、相当にソイツのことが好きなのだ。

……高嶺サキが好意を寄せるのは、どんな人物だろう？

おれの知っている人間だろうか？　同い年？　いつからの付き合い？

頭が良いのだろうか、スポーツができるのだろうか、誰よりも心が清いのだろうか――。

おれはハッとなって、自らの頬を張った。

「おれの気にするところじゃない」

おれはどうかしてしまったのだろうか？

高嶺サキが誰に恋をしようが、そんなのおれとは全く関係ないことだろう？

こんな野次馬根性、高嶺サキのデマを流して喜んでいる人間と同類だ、よろしくない。

……いや、野次馬根性とは違うか。

おれはきっと、彼女に好かれる誰かに嫉妬して――。

「うおっ」

ちょうど1階まで下りてきたところで、背中に衝撃を感じた。

何事かと思って振り向くと、そこには……

「はぁっ……はぁっ……！」

「……高嶺サキ？」

彼女が、いる。

こんな人目につく場所で、また誰かに妙な噂を流されるかもしれないのに、それでも急いでおれの後を追いかけてきたのだろう。

息は上がって、汗だくで、

「……私も……いつも一人で……お昼ごはん食べてて……っ」

それでも苦しそうに息を吐きながら、途切れ途切れに、必死で言葉を紡ぎ、

「……た、楽しかったって……言いましたよね……？」

そしてその宝石のような瞳で、まっすぐにおれを見つめて、力強く言った。

「――だったら！　また一緒にお昼っ、食べませんかっ⁉」

……高嶺サキはミステリアスな女性だ、とは一体誰の言だったろうか。

どうやらおれはたいへんな勘違いをしていたらしい。

高嶺サキは恋をする。

ハウツー本で恋愛を学び、恋心を知られれば恥じ入るし、あられもない噂を流されれば傷つく、泣きもする、かと思えば話題のスイーツを頬張って子どものように笑ったりする。

……そして一人で昼食を食べるのを寂しいと思ったりもする。

もしかすると彼女は、おれが思っているよりもずっと、普通の女子なのかもしれない。

「……クリーム、ついてるぞ」

「っ!?」

高嶺サキがたちまち顔を赤らめて、両手で口元を覆い隠した。

もちろん、異性から口元に生クリームがついていることを指摘されれば照れもする。

そんな仕草が可愛らしくて、おれはつい噴き出してしまった。

「12時50分から、13時10分までの20分間だ、おれは毎日あそこで昼食をとる」

「えっ……」

「あんな黴臭い場所と、おれなんかでよければ、またな」

高嶺サキは――自分から提案してきたくせに――まさか本当におれが了承するとは思って

いなかったらしい。

しばらく呆けていたが、見る見るうちにその表情が明るくなっていって……

「――はいっ!!」

まるで向日葵のような笑顔で返事をした。

……どうやらおれは考えを改める必要があるらしい。

嫌われ者の堅物風紀委員長と高嶺の花。

釣り合うはずはないが、住む世界は同じだった。

つまるところ、どういうことなのかというと。

「じゃあ、また今度な」

どうやら嫌われ者で、彼女にフラれたおれでも、彼女の問題が解決するまでの間なら高嶺サキの友だちを名乗っていいらしい、ということだ。


「……どうしてこうなる」

昼休み終了の15分前。

自分の教室に戻ったおれは、眉間に深いシワを刻んだ。

おれが席に着くなり、クラス中の男子――いや、顔ぶれをよく見ると荒川・岩沢をはじめとした他クラスの男子も何人か交じっている――からあっという間に取り囲まれてしまったからだ。

ネズミ一匹逃がさないと言わんばかりの完璧な包囲網。

そして――、

「――おい間島！　高嶺さんとはどういう関係なんだよ!?」

ご覧の通り、苛烈な尋問を受けている。

「どうしてお前らはそんなにバカなんだ……！」

おれは大きな溜息を吐き出した。

……高嶺サキが荒川と岩沢におれの居場所を聞いた、という話の時点でこうなることに気付くべきだったのだ。

高嶺サキの影響力を甘く見すぎていた……！

「C組に高嶺さんが来たぞ!!　お前を捜しに！」

「すげえ思いつめた表情だったって聞いたんだが!?」

「イインチョーが高嶺さんを人気のない場所に呼び出したってマジ？」

「間島が高嶺さんのことを無理やり校内を連れ回すところも目撃したやつもいるぞ！」

「もうキスはしたのか!?」

「風紀の乱れか!?」

「指導対象なのか!?」

頭を抱えてぐううと呻く。呆れてものも言えないとはこのことだった。

飽きもせずよくもまあ次から次へとそんな作り話ばかり思いつく……！

わざわざ人目を忍んで相談に来た高嶺サキの名誉を鑑み、言い返せずいたら好き放題言い腐って――――！

と、ここまで思ってから、はっとなった。

そうだ、高嶺サキは――――？

おれは取り囲むうるさい野党どもの隙間から、なんとか彼女の座る窓際の席の様子を窺う。

そこには……意外な光景が広がっていた。

おれほどではないが、彼女もまたクラスの女子たちに取り囲まれていたのだ。

「男子、マジサイテー」

「サキちゃんだいじょぶそ？」

「あの風紀オバケに変な事されたらすぐあたしたちに相談してね！」

「えっ？　あっ、その、私は……別に……」

「あれ？　そういえばあたし初めてサキちゃんと喋ったかも」

「あ、実はわたしも～」

「そうだ！　ＭＩＮＥ交換しようよ！　クラスの女子のグループがあるから高嶺さんも招待したいな～って思ってたの！」

「あ、え、ええと……」

能面は変わらずだが、しどろもどろながら女子たちとコミュニケーションをとる高嶺サキの姿が、そこにはあった。

――ケンゴが色々やったおかげで噂、上書きできてんじゃね？

「……なるほど、そういうことか」

今になってようやく荒川の言っていた意味が分かった気がする。

どうせ嫌われ者の堅物風紀委員長だ。いまさら少し余計に皆から嫌われたところで、大した差はない。

むしろ好きな人を幸せにできるのなら上々じゃないか。

彼女ももう、相談する相手に困ることはないだろう。

しかしなんだ、さっきの今で、高嶺サキがおれと昼食をとる必要もなくなったのだと思うと少しばかり残念だが……

「――それでね！　血相を変えた高嶺サキがC組に入ってきてボクと荒川に言うんだ！　間島ケンゴはどこにいますかって！　あの思いつめた表情！　ボクはピンときたね！　そう！　間島クンの特別指導のはじまりさ……」

「またお前か指導ォォ――――――――ッッ!!」

「グエ――――ッッ!!」

「うわっっっ！　間島がキレた!!」

「押さえろ押さえろ！」

「ははは、タツキの顔、信号機みたいでおもしれ～」

岩沢を締め上げるおれ、それを取り押さえようとするクラスメイトたち、呑気に笑う荒川、遠巻きに冷めた目を向けてくる女子たち。

まったく風紀なんてあったものじゃない、B組の昼休みはたいへんな騒ぎだった。

「……キモ」

……そしてそんな騒ぎの中。

おれの視線は、いかにも不愉快そうに教室から出ていく一人の男の姿を、捉えていた。

「……なに盛り上がってんだよあいつらマジで……馬鹿じゃねえの」

2階、男子トイレ。

2つある個室トイレの、奥側の鍵がかかった個室から声が漏れている。

時折聞こえてくる鈍い音と振動は、彼が壁を蹴る音だろう。

その他にも何かカチッカチッと妙な音が聞こえてくるが……これはなんだか分からない。

「気持ち悪い……寒いんだよ……」

がちゃりと音がして個室のドアが開き、彼が出てくる。

そしてこちらを見るなり、

「えっ……？」

と声を漏らした。

……ああ分かった。さっきのカチッカチッという謎の音の正体。

あれは爪を噛（か）む音だ。

おれの後ろで岩沢（いわさわ）が「おえっ」とえずいた。

「……聞いた話によると、咬爪癖（こうそうへき）は心理的なストレスやプレッシャーが引き金となって起こる場合が多いらしい。おれは爪を整える際に器具を使うので純粋に気になるのだが……咬爪癖のある人間は、咬んだ爪をどうするんだ？　そのへんに吐き出すのか？　それともそのまま呑（の）み込んでしまうのか？」

「な、なんっ……!?」

「いずれにせよ、風紀委員長としては衛生的な観点から推奨できないな、坪根（つぼね）タクミ」

2年B組・坪根タクミ――

彼はひどく狼狽（ろうばい）した様子で後ずさり、そしてその背中を壁にぶつけた。

「ふ、風紀委員……？　なんの用だよっ……！」

「いやー、大した用じゃないっつーか、単刀直入に言うけどさー」

荒川（あらかわ）は爽（さわ）やかな笑みを浮かべながら、彼の問いに答えた。

「ぶっちゃけ、サキちゃんの変な噂流してたの君っしょ？　坪根タクミくん……」

「は、はぁ!?　なんだそれ！　知らねえんだけど!?」

　坪根タクミが食い気味に声を張り上げる。

　……大声で威圧しようという幼稚な意図が見え見えだ。

「はっ！　大体なにを根拠にそんな……」

「えーと、2年A組・茎太リュウヘイ、新屋シロウ、B組・川端トウゴ、堀片トシオ、小出ジュン、曙ミチカ、立島ミズホ、C組・金屋リカ、桃川ヤスノリ、笹平マサヤ……」

　岩沢がそらで淡々と名前を並べ立てていくと、坪根タクミの顔面から一気に血の気が引いた。

「他にも記憶が曖昧なのが何人かいたけど、確実に裏がとれたのはこんなもんかな？　全員、君から高嶺サキの噂を聞いたって言ってたよ。ちょっと派手にばらまきすぎたんじゃない？」

「……お、オレも友だちから聞いて」

「それはないね、高嶺サキに対する悪質なデマは確実に君から発信されてる」

「ど、どうしてそんなの分かるんだよっ!?」

「ウチの岩沢は噂好きが高じてか異常に人脈が広くてな、上高だけじゃなく中高、下高の各クラスに知り合いがいるほどだ」

「――所詮噂なんて人伝に伝わるもんじゃん？　ならある程度アタリをつけたら絡まったイヤホンをほぐすみたく、一人ずつ噂の出所をたどっていけば誰が発信源か分かるよね？」

「……っ!?」

坪根タクミが絶句する。

……簡単に言うが、そんな冗談みたいに面倒で気の遠くなるような作業をわずか数週間でやってのけられる人間は、おれの知る限り岩沢タツキしかいない。

彼はその人懐っこい性格と容姿のせいか、とにかく人の懐へ潜り込むのがうまく、しかも本人はそれを楽しんでやれるという稀有な才能の持ち主だ。

まぁそれのせいで余計なことに首を突っ込んだり、かえって噂を広める側に回ってしまったりと、トラブルメーカーのきらいがあるのが欠点だが……

「1年生の頃、高嶺サキにフラれた腹いせで変な噂流して回ってたんだって？　あんまり派手にやるからすぐに君の名前があがったよ。今日まで泳がせておいたのは単に証拠を固めてただけだしね～」

――この一件においては最大の功労者である。

「う……」

坪根タクミは悔しげに呻きながら、出口の方をちらと見た。

何をしようとしたのかは知らないが、おれの後ろに控えたバスケ部のエース・荒川を見て、すぐに諦めたらしい。

「坪根タクミ、初めに言っておくが、おれたちは君に対して制裁を加えに来たわけでも、まして君を咎めるために来たわけでもない。それは越権行為だからな。おれたちはただ通告に来ただけだ」

「ま、回りくどいんだよっ！　さっさと言えよ！」

「そうか、では端的に告げるが、今回の件についてB組のクラス担任・温出先生に報告する」

「っ!?」

青ざめるを通り越して、彼の顔が一気に白くなった。

「その後の処分はクラス担任の管轄となる……今日のホームルーム後に報告へ行く予定だ。差し出がましいかもしれないが、同行することをお勧めするよ」

クラスメイトに対する悪質な誹謗中傷を、明確な悪意を持って行った。

明らかに風紀委員の指導の範疇を超えている。

岩沢の働きで証拠は十分すぎるほど揃っていて、今さら言い逃れはできない。だからこそ事前に伝えたのは彼に対するせめてもの温情……そのつもりだったのだが、

「……いや、おかしいだろ」

……どうやらご納得いただけなかったらしい。

坪根タクミは剥き出しの敵意を、歪んだ卑屈な笑みに変える。

「そっ、そりゃあオレだって人間なんだから噂話の一つや二つするさ……！　お前らもするだろ!?　……いやっ！　覚えてないけどな!?　覚えてはいないけど、でも確かにお前らの言う

通り、高嶺サキの悪い噂をちょっと、流したかもしれないわけで——でも、全部じゃない！」

その「全部じゃない」という部分になんらかの勝機を見い出したのだろうか？

坪根タクミは途端に両目をぎらぎらと輝かせた。

「全部……そう全部じゃないんだ！　高嶺サキの噂は全部、一つ残らずオレが流したってわけじゃない！」

「……岩沢から、特に悪質な噂は全て君発信らしいと聞いているが」

「だっ、だとしても犯罪じゃない！　噂をするなんて皆やってることだ！　それがちょっとエスカレートしただけで……どうしてオレだけ!?　そうだよ！　どうしてオレだけが咎められないといけないんだ!?　それに火のないところに煙は立たぬって言葉もあんだろ!?　案外本当のことかもしれねえじゃねえか！」

「……なるほど、言い分は分かった」

「だよな!?　じゃあ……」

「——なんにせよ決めるのはおれたちじゃない」

「……っ」

まだ理解していないようなのではっきり言いきってやる。

さっきも言ったように、これはただの通告なのだ。

今伝えたことは全て決定事項であり、それ以上でもそれ以下でもない。

「もしも温出先生への報告へ同行したい場合は帰りのホームルームまでに風紀委員の誰かに声をかけてくれ、じゃあ」

よっておれたちの仕事はこれで完了だ。

……昼休みの終わりも近い、早々に立ち去ろう。

「待てよっ!!」

……肩を掴まれた。

坪根タクミは一転して怒りを露わに、鬼の形相である。

「そもそも……あの女が悪いんだよ！」

岩沢が何度目かになる溜息を吐き出す。いつも爽やかにはにかむ荒川もこの時ばかりはさすがに見たことのない顔をしていた。

「あの女……お高くとまって……！　友だちもいねーしよ！　いっつも一人だし、どーせカレシもいねーだろうし!?　あんまりにも哀れだったから付き合ってやろーと思って告ったのにそれを……簡単に振りやがって……！」

「……おい」

おれは低い声で言う。しかし坪根タクミは一向に口を閉じる気配がない。

「好きな人がいるからごめんなさい、だってよ！　ワケわかんねーだろ!?　ボッチのくせに！　どうせ無理なんだからオレにしときゃあいいのに……！」

「……やめろ」

「つーかなんでよりにもよってお前が来るんだよ……！　知ってんのか⁉　高嶺サキが好きな男のこと知ってて、オレのこと馬鹿にしに来たんだろ⁉　マジで性格悪いな！」

「やめろ」

「……は？　もしかして本当に知らねえのか？　はは！　じゃあ教えてやるよ！　マジで趣味悪いからなあの女！　いいか⁉　高嶺サキが好きなのはま――」

坪根タクミがその先の言葉を口にすることはできなかった。

何故ならヤツがその名前を口にするよりも早く、おれが坪根タクミの胸倉を掴んだからだ。

「――おれが理性的に話をしているうちにやめろと言っているんだ」

前にも言ったが、どうやら機嫌が悪い時のおれは相当恐ろしい顔をしているらしく。

坪根タクミが目を見開いて、「ひっ」と短い悲鳴を漏らした。

「お前が高嶺サキをどう思おうが自由だ、だが――」

――高嶺サキは恋をする。

ハウツー本で恋愛を学び、恋心を知られれば恥じ入るし、あられもない噂を流されれば傷つく、泣きもする、かと思えば話題のスイーツを頬張って子どものように笑ったりする。

……そして一人で昼食を食べるのを寂しいと思ったりもする。

だから――

「――そう思っているのはお前だけだ、誰にも押し付けるな」

ぺたん、と。

坪根タクミがタイル床に力なく尻餅(しりもち)をつく。

――かくして高嶺サキに関する悪質なデマを巡る一連の騒動は一旦の幕を下ろした。


……あれから10日。

中間考査が終わり、休日を挟んでクラス内のある種浮き足立った空気も落ち着いた頃。

さすがの雪国といえどこの時期にもなると桜もほとんど散って、すっかり葉桜になってしまっている。

まさしく「花は葉に」だ。

「……結局、桜もちは作らなかったな」

薄暗く、黴臭(かびくさ)い屋上前階段。

すなわちいつもの場所で昼休みを過ごしていたおれは、ぽつりと独りごちた。

その手には昨日ダイゴヤで買ったマリトッツォがある。

ちなみにこれは季節限定商品、生クリームの代わりに色鮮やかな抹茶クリームと小豆が挟まれたものだ。

こういった菓子パンの類を自分で買うのは初めてだったが、おそるおそる食べてみると意外にもたっぷりのクリームがしつこくなくて美味い。鼻に抜ける抹茶の風味がなんとも清涼だった。新発見である。

「なんでも挑戦してみるものだな」

校庭の葉桜を見下ろしながら食べるマリトッツォも、意外と乙なものであった。

「……マリトッツォ、夏の訪れ、乳は茶に」

「——何か言いましたか？」

「うおっ!?」

死角からいきなり声をかけられて、危うくマリトッツォを取り落とすところだった。

この声は……

「た、高嶺サキ……!?」

「は、はい……？　高嶺サキですけど……？」

どこか遠慮がちに階段を上ってくる高嶺サキの姿がそこにあった。

「……何故」

高嶺サキに関する悪質なデマを流布していた人物を突き止めた、そして高嶺サキはクラスでも話しかけられるようになった。

もう、おれと昼食をとる必要なんてなくなったはずだが……？

「また一緒にお昼食べようって言ったじゃないですか……もしかして冗談だったんですか？」

能面の目が微かに潤むのを見て、おれは慌てて否定する。

「違う！　その、あれだ、あれからずいぶん経ったからてっきり忘れたものだと……」

「……忘れるわけないでしょう、テスト前だったのでお昼休みも勉強してたんです」

「そ、そうか、それは感心だな……」

困惑するおれをよそに高嶺サキが隣に腰を下ろして、膝の上に弁当箱を広げだす。

今日はどうやらマリトッツォではないらしい。

「……手作りか？」

「料理は普段あまりしないのですが、間島君が作っているのを見て、挑戦してみようと思いまして」

「ああ料理はいいぞ、なんといってもレシピ通りに作れば失敗しないというのがいい。決められた分量、時間をきっちり守って前回と同じ味が再現できた時の達成感といったら……おい待て！　なんだその警告色の物体は⁉」

「卵焼きですよ‼　甘くしようとして失敗しちゃったんですっ‼」

「ああ、なるほど砂糖が焦げたのか……にしても入れすぎではないか」

「私はデザートぐらい甘くした卵焼きが好きなんです！　……あれ？　それマリトッツォですか？」

「ああ、君が食べているのを見て挑戦してみようと思った。おれはこういう菓子パンの類を普段食べないのだが……思ったよりいける。濃い目に出した狭山茶によく合う」

「……ふふ」

「どうした？」

「いえ、考えてることが一緒だなーと思っただけです」

「そうか……」

「……」

「……」

沈黙が二人の間に横たわる。

おれは黙々とマリトッツォをかじりながら思案した。

高嶺サキがおれと一緒に昼食をとる理由……考えられることは一つ、高嶺サキの抱えるなんらかの問題は未だ解決しきれていないということだ。

おれは人知れず、打ちひしがれていた。

……彼女はいったい、どんな悩みを抱えているのか。

「……その、なんだ」

「？」

「……そういえばテストはどうだった？」

「……世界史はニガテです」

「おれは現代文がニガテだな、筆者の気持ちなどおれに分かるはずがない、解答が一つでないというのも意味不明だ」

「……間島君、学年一位ですよね？」

「まあそれはそうだが……」

「……」

「……」

「……おれなんかと飯を食って楽しいか？」

「……楽しいですよ」

「そうか……」

「……」

「……」

「……間島君」

「……なんだ？」

「実は私、好きな人がいるんです」

「ゲホッゲホッ!!」

むせた。

目を白黒させながら高嶺サキの様子を窺うが、彼女はお馴染みの能面で黒い卵焼きをつついている。感情が読めない。

「……私の片想いなんですけどね」

「そっ、そうか、大変だな……」

……まずい。

確かにおれは保健室で大見得を切って、恋愛相談だろうがなんだろうが相談に貴賤はないと言ったわけだが……

あれは例え話であって、まさか本当にこっち方面の相談がくるとは想定していなかった！

「……っ」

頭を抱える。

自慢じゃないが、おれはこれまでの人生でいわゆる恋バナというものにまったく無縁だったため、どうしていいかさっぱり分からない！

というか高嶺サキは相談する相手を間違えていないか!?

おれはあの堅物風紀委員長だぞ!?　君の方が１００倍モテるだろうに!!

しかし……

「……なかなか気づいてもらえそうにありません」

わざわざおれみたいな嫌われ者を頼ってくれて、そのうえそんな顔までされると、自分から言った手前、答えないわけにはいかなかった。

「……スティンザー効果というのを知っているか」

おれがその言葉を口にした途端、高嶺サキは何故かあからさまに身構えた。

「しっ、ししし知りません」

「そうか、この前心理学の本を読んでいたからもしや知っているのかと思ったのだが……スティンザー効果とは、相手との位置関係によって与える印象が変わる心理効果のことを言うんだ」

「は、はあ……」

「たとえば４人掛けのテーブルがあったとして、真正面に座る人間は『敵対』、斜めに座る人間は『中立』、そして隣に座る人間は『友好』という具合に、相手に与える印象が変わるらしい。まぁ簡単に言うと横並びに座れば親密な関係になりやすいということだな」

そう、ちょうど今のおれたちのように、だ。

「どうして隣同士だと親密になるのか……単純に身体的な距離が近くなるからという説もあるが、おれの考えでは視線が関係していると思う」

「視線……？」

「並んで座れば、同じものを見ることができるだろう」

二人の視線が、自然と窓から覗く校庭の新緑へ向く。

……同じ視点でないと分からないこともある。

「間島君……」

だから……

「まず、好きな相手の隣に座るところから始めてみるのがいいだろう」

「…………………………うん？」

「まぁ君は魅力的な女性だからなにも心配はいらないと思うが」

高嶺サキの気になる男がどんな人物かは知らないが、彼女ならきっと大丈夫だ。

大丈夫……だと思うのに、どうしてそんな目でおれを見る？

「……なんだか心が折れそうです」

「弱気だな、君が誰よりも頑張り屋なのはおれが知っている。応援しているぞ」

「はい…………」

やっぱり、これだけ思われるヤツは幸せ者だ。

おれは若葉色のマリトッツォをかじりながら、しみじみソイツがうらやましいと思う。

ともかく今しばらくの間、おれは高嶺サキの友だちを名乗っていいらしかった。

第三部　本命の要求は最後に持ってくるべし

■高嶺(たかね)サキの章■

6月1日。

上村(かみむら)もだいぶ蒸し暑い日が増えてきました。

このタイミングでの衣替えはたいへんうれしい限りです。

「そういえばサキサキの悪い噂(うわさ)、最近ぱったり聞かなくなったよねェ」

2限と3限の間にある少し長めの休み時間、例の空き教室でユウカちゃんがおもむろに言いました。

「そうなんですか?」

「うん、その証拠に教室でみんなから話しかけられるようになったじゃん」

「確かに……」

ヘンな噂を流されなくなった影響でしょうか?

仲良く話せるほどの友だちはいませんが、それでも最近はクラスメイトのみんなから普通に声をかけられるようになりました。

以前のように露骨に距離をとられなくなったといいますか……。

どうしてでしょう？　私は少しだけ理由を考えてみて、

「75日ですよ、ふふん」

考えても仕方ないので、深くは考えないことにしました。

「……サキサキ、ご機嫌だねェ」

「えーっ？　そうですかね？　ふふふ」

「どーせ昼休みに風紀オバケと一緒にごはん食べることしか考えてないんでしょ」

「ふふふふふふふふふふふふふふふ間島(まじま)君のこと変なあだ名で呼ばないでくださいふふふふふふふふ」

「うわあああ笑顔が過去イチ気持ち悪いィ」

そりゃ過去イチの笑顔にもなりますよ。

——初めて間島君と一緒に昼食を食べてから1か月近く経ちましたが、私と間島君の秘密の昼食会は続いていました。

昼休みの20分間、屋上前階段で一緒にお昼ごはんを食べる。

まだまだぎこちないですが、会話もありますし、話しかけることさえ難しかった以前から比べるとすさまじい進歩です。

「これもう付き合ってると言って過言じゃありませんね」

「バチバチに過言だろ」

「ふふふふふふふふふ」

「頼むから会話してくれェ」

ごめんなさいユウカちゃん、はっきり言って今の私は浮かれているのです。

毎日昼休みが終わる頃にはすでに明日の昼休みについて考える始末なのですから！

「……てかサキサキ、最近イマモテも読んでないみたいだけど、大事なこと忘れてない？」

「ふふふふふ、なんでしょう、ふふふふ」

「間島(まじま)君とＭＩＮＥ交換、してなくない？」

ぴしっ、と笑顔が固まりました。

「………………完璧に忘れてました」

「だと思ったよ」

イマモテを間島君に目撃されてしまうというハプニングのせいで、すっかり当初の目的を見失ってしまっていました。

でも……すぐに元の笑顔を取り戻します。

「……まあ今の調子で仲良くしてればＭＩＮＥぐらいそのうち交換できますよ、うふふふふ」

「あっ!!　サキサキあんた間島君とお昼一緒にできるようになったからって日和(ひよ)ったな!?」

「そのうえ連絡先まで交換したらバチ当たっちゃいます」

「そんなんでバチ当たってたら高校生なんて罪人しかいねーんだよ」

「……あと今の関係が壊れたら嫌ですし……」

「やっぱりそっちが本音か!!」

　ユウカちゃんが蒸気機関でも搭載しているのかというぐらい大きな溜息（ためいき）を吐き出しました。

「……あのねェ、作戦が初めてうまくいって嬉しいのは分かるけどさ、サキサキって間島君と最終的にどうなりたいのさ」

「わ、私は一緒にお昼ごはんを食べながらお喋（しゃべ）りできる今の関係もいいかなーなんて……」

「手は繋（つな）ぎたくないのか!?」

「うっ!?」

「デートしたくないのか!?」

「ぐっ!?」

「チューだのなんだのしたくないのか!?」

「あぁっ!?」

　ユウカちゃんの息をも吐（つ）かせぬ三段口撃に私は危うくひっくり返るところでした。

　た、確かに……チューだのなんだのは、したい！

「サキサキの大好きなイマモテの教え通りなら、告白までのタイムリミットはあと1か月ちょっとしかないんだよ！　……いや、もしかしたらもっと短いかもしれない」

「ど……どういう意味ですか……？」

「……あの風紀オバケを好きな奇特な人間がサキサキだけとは限らないでしょ」

「！　！　！」

――頭から冷や水を浴びせられた気分でした。

ユウカちゃんの言う通りです！

かねてより間島君の魅力に気付く人が現れないのを不思議に思っていたのですが――考えてみれば、どうしてそうと決めつけられるのでしょう！

私が知らないだけで、ひょっとしたらすでにいるのかもしれません。

すでになんらかのアプローチを始めているかもしれませんし、明日にでも間島君に告白しようと思っているのかも……

もしもそうなってしまえば、恋愛経験値ゼロの私が太刀打ちできる可能性は皆無です！

「どっ、どどどどうしましょう⁉　間島君がとられちゃいますっ⁉」

「そもそもアンタのもんじゃないってのは置いといて……落ち着け！　すぐテンパるな！」

「ひゃひ」

「あのねサキサキ、アンタにできるのはちょっとずつでも間島君と距離を詰めること、そのために何をすればいいか分かるね？」

「ま、ＭＩＮＥを交換する……？」

「分かってるじゃん」

「で、でもいきなりMINE聞いて引かれたりしたら……!?」

「逆に聞きたいんだけど、アンタの好きな風紀オバケは連絡先聞いたぐらいで引くような男なのか?」

「あ……!」

「そういうことだよ」

ユウカちゃんが深く頷きました。

そうだ……間島君はそんなことで人に対する評価を変えるような人間じゃありません!

「……私、昼休みに間島君にMINE、聞きます!」

「そう!」

「MINEの交換なんて誰でもやってることですし!?」

「そうだ!」

「楽勝ですよ!」

「その意気だ!」

「イマモテに学んだ、恋愛テクを使って!」

「…………まぁいいけどさ」

あれだけ威勢のよかったユウカちゃんが、最後だけちょっと微妙な表情をしていました。

「――すまん、遅れてしまった」

昼休み開始から15分が経過したあとのこと。

今日は珍しく、間島君の方が遅れて屋上前階段に姿を現しました。

まぁその珍しさもさることながら、夏服になった間島君の、半袖から覗く思いのほか筋肉質な腕にびっくりして思考が停止してしまったわけですが……。

「……どうした？」

「あ、いえ！　何も見てませんっ！」

「？　そうか」

間島君が私の隣に腰を下ろして、膝の上にお弁当を広げます。

いつもしゃんとした間島君ですが、今日は珍しく疲れの色が見えました。

……さて、私もそろそろ覚悟を決めなくてはなりません。

「服装指導をしていたら遅れてしまった、衣替えのタイミングでは指導対象が一気に増える、去年もそうだったんだ……」

「はい」

「間違って長袖シャツで登校してきてしまう者……これはいい、明日は忘れないようにと注意するだけだからな。しかしどさくさに紛れて制服を着崩す者やスカートの裾を短くする者などはきちんと指導しなくてはならん」

「はい」

「生徒手帳生徒心得1項『日常の心得』。服装は常に清潔、端正にし、不相応に華美と流行を追うなかれ、だ。たかが服装の乱れと侮ると、風紀の乱れに繋がる」

「はい」

「……その点、君は本当にお手本のような身だしなみだな、皆がそうであってくれればいいんだが」

「はい」

「……高嶺サキ?」

「一つ、間島君にお願いがあるんですが」

「唐突だな」

「――今度の日曜日、私と一緒にお買い物に行きませんか?」

……さて、これを見ている皆さんはきっと私が自暴自棄に走ったか、もしくは連日の蒸し暑さで頭をやられてしまったかと思っていることでしょう。

しかし！　これは心理学に裏打ちされたれっきとした作戦なのです！

――ドア・イン・ザ・フェイス・テクニック。

譲歩的依頼法とも呼ばれる、交渉のテクニックであります！

まず人間には「相手になにかしてもらったら、こちらからもなにかをお返ししなくてはならない」という返報性の原理が働いています。

ドア・イン・ザ・フェイスはこれを応用したテクニックで、簡単に手順を説明すると、

❶まずは本命の要求と、相手が断る可能性の高い要求を用意します。

❷はじめにハードルの高い要求を提示し、相手にそれを断らせます。

❸そして「仕方ないなぁ」とあたかも譲歩したように本命の要求を提示します。

❹相手の中で「向こうもせっかく譲歩してくれたのに何回も断るのは悪いなぁ」という心理が働きます。

❺なんと本命の要求にオッケーがもらえます。

――というわけでございます!!

これはセールスマンなどがよく使う交渉の手法であり、この手順を踏むことによって、ただストレートに本命の要求をするよりも相手が要求を呑む確率が上がる、との研究結果も出ているとか!

そして知っての通り、私にとっての本命の要求は「間島君とMINEを交換すること」!

だからこのあとは間島君が「え～せっかくの日曜日に買い物に付き合うのは無理だなぁ、じ

ゃあ仕方がないから高嶺さんとＭＩＮＥを交換するよぉ」となるはずで……！

「分かった、６月５日だな、空けておこう」

………………………あれ？

「来週体育祭があるだろう、おれもちょうど実行委員から買い物をいくつか頼まれていたんだ」

「…………」

「そういえばまだ君の連絡先を知らないな、当日困るだろうから交換しよう」

「…………」

「ちなみに君は何を買うつもりなんだ？」

「…………」

「……君、たまに糸の切れた人形のようになるな……」

「――というわけで何故か週末、間島君とお買い物に行くことになってしまいました……」

「いきなり詰めすぎだろっ……！」

例の空き教室、ユウカちゃんが頭を抱えながら言いました。

ついでに言うと、どういうわけかＭＩＮＥも交換できてしまいました。フェイスどころか全身招き入れられてしまったかたちです。

私自身も未だに状況を呑み込めていません……

「……いや！　今は素直にサキサキのマヌケさとイマモテの教えに感謝しよう！　ＭＩＮＥ交換だけじゃなくてデートの約束まで取りつけるなんてサキサキにしちゃあ上出来すぎるよ」

「……デート……？」

「男女が日時を決めて二人きりで会う、デートじゃん」

デートという単語を聞いた途端、ヤカンが沸騰するようにお腹の底から頭のてっぺんまでたちまちか――――っと熱くなりました。

「む、無理無理無理無理無理無理無理無理っっっ!!　デートなんて早すぎますっっ！」

「もう遅い、覚悟決めな」

「そんなこと言われても無理なものは無理ですって!!」

「アンタが自分で言ったんだろ」

「っ……!!」

ぐうの音も出ませんでした。

私は下唇を噛み、スカートの裾を握りしめて無言の抗議をします。

もちろんユウカちゃんにそんなことしたって全くの無意味なのですが……

「はい深呼吸深呼吸」

「ス――――ッ………」

「とにかく言っちゃったもんは仕方ないよサキサキ、まずはデートに行く前提で一つずつ準備していこう?」

「お、男の人と休日お出かけに行くなんて初めてで……緊張で今から吐きそうです……」

「最優先で胃薬を買っておく……と。ところでサキサキってデート用の私服持ってるの?」

「…………………」

「あーもう分かった分かった、そんなチワワみたいな目で見ないでよ。今度の土曜日、一緒に服買いに行こう?」

「ほ……本当に私、間島(まじま)君とデートに行くんですか……?」

「行くんだよデートに、あの風紀オバケが約束を破るようなタイプに見えるか?」

「……ユウカちゃん、ついてきてくれたりとか……」

「あ―――――残念、私はその日ご飯を食べたり歯を磨いたりお風呂に入ったりしないといけないからァ」

「……それって要するにいつも通りじゃ」

「ともかく一人で行くの。間島君と二人きりでのお出かけなんて、この機会を逃したら一生ないかもしれないんだよ」

「私は今、自分が嬉しいと思っているのかそれとも怖いと思っているのか、舞い上がっているのか緊張しているのかも分かりません……とりあえず今は確実に気持ち悪いです……」

「あーもう泣くな泣くな、あんたには私とイマモテがついてるだろ」

「……イマモテ？」

「その本には恋愛のノウハウが全て詰まってるんでしょ？　だったら問題ないじゃん」

「……そうでした!!　私にはイマモテがあるんでした！」

イマモテにはありとあらゆる恋愛のノウハウが詰まっています。

それはもちろん、デートの必勝攻略法だって!!

「なんだかいけそうな気がしてきました！　次のデートはイマモテの教えに従い、必ずや成功させてみせます！」

「……サキサキ、将来怪しいセミナーとかに引っかかりそうだよね」

――とにもかくにも、作戦開始です！

■間島(まじま)ケンゴの章■

放課後、おれと荒川(あらかわ)と岩沢(いわさわ)の3人で掲示物の貼り替えをしていた時のことだ。

「あっ、そういえば間島クン、確か実行委員から体育祭の買い出し頼まれてたよね？　ボクらも手伝おうか？」

「ありがとう、しかし買い出しには高嶺(たかね)サキが付き合ってくれるらしいから大丈夫だ」

「えっ」

「それに足りないものを買い足す程度だからたいして人手もいらないしな……ああ荒川、画鋲は壁面に対して斜め45度で刺すといい、そうすると二点で支えることになり掲示物が安定する。貼り替えの際に画鋲も外しやすくなるし良いことずくめだ」

「ちょっ……」

「それにしてもこの風紀ポスターを描いた人物は素晴らしい絵心の持ち主だな、確か岩沢の知人だったか？　個人的に感想を伝えたいのだが今度紹介して……」

「待て待て待て!?」

「どんどん次のトピックに行くな!!」

荒川と岩沢が、なにやら慌てた様子でおれの言葉を遮った。

……はて？

「どうした」

「えっ!?　なに!?　間島クン高嶺さんと買い出しに行くの!?」

「そうだが」

「そうだが!?」

「どっ、どっちから誘ったんだ!?」

「妙なことを気にするんだな？　高嶺サキからだ。彼女も何か買い物の用事があるらしい」

「……」「……」

荒川と岩沢はしばらく互いに顔を見合わせたかと思うと、そのまま声を押し殺して、ひそひそと耳打ちを始めたではないか。

「（なぁ荒川……あの噂ってやっぱホントなんじゃ……）」

「（俺もそう思う、しかし不思議なこともあるもんだな……）」

「（なんにせよ面白くなってきたのは確かだ）」

「（俺もそう思う）」

「人前で耳打ちなんて褒められたことじゃないぞ」

おれが言うと、二人はちらとこちらを一瞥したあと、なにがしかのアイコンタクトを交わし、打って変わってわざとらしいニコニコ顔をこちらに向けてきた。

「なんだ？」

「間島クン、最近高嶺さんと仲いいねぇ」

岩沢が気味の悪い笑顔で言う。

おれは高嶺サキとの関係を正直に答えようとして、しかしいったん口をつぐんだ。

この二人はおれが直接言い含めれば他言しないだろうが……それを差し引いても高嶺サキの恋愛相談については黙っておいた方がいいだろう。

あの一件はおれが個人的に相談されているわけだし。

「……喋る機会が増えた、という意味ならまあそうだな」

「それについてどう思う?」

「また妙な噂を流されないか心配だ」

「それだけ?　他には?」

「他に?　……ああ、おれはおれが思っているより嫌われていないのかもしれん」

　恋愛相談なんてきわめてパーソナルな話をされるぐらいだからな。少なからず信頼はされているのだろう。

「買い物に誘われたことについてはどう思う?」

「心理テストか何かか?　買い出しにはちょうど女子の意見が欲しかったので、素直に助かったと思っている」

「……」「……」

　少しの間を空けて、荒川と岩沢が再び密談を始める。

「(照れ隠しとかじゃないんだよなーケンゴは……)」

「(本当にサキちゃんのこと好きなのかなコイツ……?　普通に納得いかないんだけど……)」

「(まぁケンゴにしちゃだいぶ打ち解けてはいる方だ)」

「(なんにせよ面白い)」

「感じ悪いぞ」

　そして再びニコニコ顔でこちらを見る二人。

一体なんなんだ。

「まあ、いいじゃん！　日曜は楽しんできなよ」

「あくまで学校行事の買い出しだ。上高生としての自覚をもって節度ある休日を過ごす」

「まったまたぁ！　休日は休日！　何事もメリハリだよ！　あっ、そういえばボク、ケンゴの私服って見たことないかも!?　ケンゴって休みの日でも制服だしさーあはははは！　で？　当日は何着ていくのさ！」

「制服だが」

「おまっ!?　ばっ……!!　せっかくのデ――！」

「抑えろタツキっ!!」

突如岩沢がいきり立ったが、次の瞬間には荒川に口を塞がれていた。

さっきから何をやっているんだこいつらは。

「せっかくの、デ？」

「ああいやっ！　うーん……ほら！　そうだ！　岩沢も言ってただろ!?　風紀委員たる者、学校生活と日常生活のメリハリはきっちりとつけるべきだと思うんだよ！」

「……ほう？」

「ＴＰＯってのがあるじゃんやっぱ!?　ケンゴだって休みの日にスーツ着てるサラリーマンなんて見たことないだろ!?」

「まあ、おれの知り合いではいないが……」

荒川の言うことにしては珍しく的を射ている。

深く考えたことはなかったが、言われてみれば常に制服でいるというのはかえってだらしがないのではないか？　本質的には一日中寝間着でいるのとなんら変わりないのでは？

それに万が一、上高のソレと分かる制服でなんらかの事件に巻き込まれた場合、迷惑をこうむるのは我らが上村（かみむら）高校であるわけだし……。

「なるほど確かにその通りだ。冴えているな荒川、素直に感銘を受けたぞ。日曜は私服で行くことにするよ」

おれの発言を受けて、二人は何故（なぜ）だかほっとしたように見えた。

……そういえば高校に入ってから私服で誰かと出掛けるのは初めてだ。

思えば高嶺（たかね）サキとは初めてのことばかり経験しているな。

■高嶺サキの章■

孫子曰（いわ）く、
勝兵は先ず勝ちて而る後に戦いを求め、敗兵は先ず戦いて而る後に勝を求む。
要するに戦の本質とは「準備」であり、勝敗は始める前からすでに決しているのだ――

……と、イマモテに書いてありました。

心理学だけでなく、孫子の教えまで引用するとは……著者のmoriさんはまさしく博覧強記、古今東西あらゆる学問に精通した、最強無敵のモテ男なのでしょう。

というのはさておき、

「カンペキすぎます……！」

白いレースのブラウスに、初夏らしく爽やかな若葉色のワンピース。

土曜の夕方、私は自室にかけた全身鏡の前でこぼれ出る笑みを隠しきれませんでした。

電車賃を往復１５００円も払って都心部に繰り出し、慣れないアパレルショップで選び抜いた一着です！

途中、私の壊滅的なファッションセンスにユウカちゃんが卒倒しかけたり、

店員さんに話しかけられて圏外になってしまった私をユウカちゃんがフォローしてくれたり、

予算がギリギリなのにチーズハッドグを買おうとしてユウカちゃんに怒られたり、

多くの苦難が（主にユウカちゃんに）襲いかかりましたが……その甲斐はありました！

——あ～～うん、いいんじゃなァい？　チョー爆烈に似合ってる。来年のパリコレはいただきだァ。ところで帰っていい——？

って、ユウカちゃんも言ってましたし！

「ふふふふふふふふふふふふ」

無駄に鏡の前で一回転なんかしちゃったりして、ワンピースの裾をふわりとやってみたりして、笑いが止まらなくなっちゃったりして！

「カンペキすぎます……！」

季節感も、サイズ感も、清楚感も、

――なによりスカートが膝丈ちょうどというのがいいですよね！　これなら間島君も気に入るでしょう！

ちなみに今の時刻は21時を過ぎたところですが……

夕飯は腹八分目に済ませて、湯舟にはたっぷり浸かり、お風呂上がりにお姉ちゃんからもらった顔パックも忘れませんでした！

それだけじゃありません！　目が覚めたらすぐに準備できるよう机の上にはお化粧道具とヘアーアイロン。

さらに枕元にはクールアイマスク！　いつでも入眠可能な状態です！

「楽しみすぎます……！」

初めこそ、緊張や恐怖がせめぎ合って常に胃がキリキリしていましたが……、
入念な準備を重ね、ゆうべ徹夜でイマモテの「対デート必勝法」を丸ごと暗記したおかげで、

なんとか期待が勝ちました！

ヘンリー・フォード氏の名言「成功の秘訣は何よりもまず準備すること」――まぁこれもイマモテに書いてあったのですが、いい言葉です！

そして私は最後にもう一つ、手を打ちます！

「なんせ今の私は間島君のＭＩＮＥを持っているのですから……！」

私はパジャマに着替えてベッドへ寝転ぶと、すかさず間島君のトークルームを開きました。

送る文章は、すでにイマモテの「好きな人とのＭＩＮＥ攻略テクニック」の項を参考に、丸2日かけて考えてあります！

間島君へ
初めてのＭＩＮＥ失礼します、高嶺(たかね)サキです（頭を下げる絵文字）
今日はちゃんと休めましたか？（首を傾(かし)げる顔文字）
明日は9時に上村(かみむら)駅ですよね！
実は休日に男の人とお出かけするなんて初めてなので、楽しみな反面ちょっと緊張しています（笑）
間島君はよく女の子とお出かけしたりするんですか？（カワイイ兎(うさぎ)の絵文字）

送信ボタンを押したあと、私は勝ち誇った笑みを浮かべました。

カンペキ……カンペキすぎやしないでしょうか?

期末テストで「デート前日、好きな男の子に送るMINEの文面を求めなさい」という設問があれば、あまりに完璧すぎる回答として廊下に貼りだされるレベルです。

まずは礼儀正しく挨拶から始まって、

次に間島君を気遣う文言、

そしてさりげなく明日のデートについてリマインドして、

小粋なジョークなんかを交えつつ、デートを楽しみにしていることを素直に相手に伝える!

女の子っぽく可愛らしい絵文字をちりばめているのもさることながら、極めつけは相手が返信しやすいよう、流れるようなクエスチョン・フィニッシュ!!!

10点　10点　10点

女子高生代表・高嶺サキ、世界新記録であります……。

「私……MINE得意かもしれません……!」

だんだん自分の才能が怖くなってきて、ベッドの上で足をぱたぱたやりました。

――ともかく! これで今度こそ準備は完了です!

私はスマホをスリープモードにして充電ケーブルに繋ぎ、消灯。

アイマスクをかけて布団へ潜り込みます!

……………。

……目がひんやりする。

…………。

………。

……私はアイマスクをずらし、スマホの電源を入れました。

メッセージの送信時刻は今から3分前の21時ちょうど、まだ既読マークはついていません。

「ははは、はしゃぎすぎですね私は」

間島君だって肌身離さずスマホを持っているわけじゃあるまいし、そんなに早く返信はきませんよ。

さあさあ、待っていたって仕方ありません。

明日は早起きしてI TUBEのメイク動画を参考にしながら慣れないお化粧をしなくてはいけないんです。もう寝ちゃいましょう……おやすみなさーい……。

●21時30分

芋虫よろしく布団の中でもぞついていた私は、耐えきれずアイマスクをずらしました。

暗闇の中でスマホのディスプレイが煌々と光を放ちます。

……既読マークはついていません。

「……ははは、気にしすぎ気にしすぎですよ」

というか30分返信がこないなんて、当たり前のことじゃないですか！

ちょっと遅めの夕食をとっていたり、お風呂に入ったりしているタイミングかもしれないですし、勉強中はスマホの電源を切るタイプかも。

もしかしたら……もしかしたらすっっっっっごく早寝という可能性だってあります！

だいいち間島君が肌身離さずスマホを持ち歩くようなタイプに見えますか!?

……あ!?　それとも明日の準備をしていたりして!?

間島君は「ただの買い出し」と言っていましたが、そうだったら……なんか嬉しいですよね！

なにはともあれ返信はそのうちくるはずです。

私にできるのはいますぐ眠ること！　はい、今度こそおやすみなさーい……

●22時00分

布団の中でうつぶせになって、スマホの画面を凝視します。

クールアイマスクはしばらく前からずっと私のおでこを冷やし続けていました。

そしてもちろん既読はついていません。

「……はは」

このあたりから背中に嫌な汗が伝いだします。

どうしてただ「既読」の2文字がないだけでこんなにも心がざわめくのでしょう。

「いや、いやいやいや……1時間、たったの1時間じゃないですか、忙しかったらそれぐらいありますよ、普通に……」

私はいったい誰に言っているのでしょうか？

気にしすぎ、ホントー――に！　気にしすぎです！

何が怖いって自分でも気にしすぎという自覚があるのに、ＭＩＮＥのトークルームを開いては閉じ、開いては閉じてしまうこの指が止められないことですよ!!

「あ、そうです！　マナーモードは解除しておきましょう！」

なるほどこれは名案です！

そしたらアイマスクをしていても返信があった時に着信音ですぐ気付けますもんね！

よし寝ます！　今度こそ寝ましょう！　明日は6時起きですから！

おやすみなさーい……

●22時30分

お姉ちゃんからもらったアイマスクは今や本来の持ち場から離れ、コンセントに並んでベッドのヘッドボードの棚を冷やしていました。

なんとなく哀愁漂うクールな彼とは裏腹に、私の目はもうギンギンです。

「…………」

焦り……

入浴後の心地よい眠気はいつの間にやらどこかへ消え、ただただ焦りだけが私の中にありました……

「もしかして私は間島君を怒らせてしまったのでしょうか……？」

そんなはずはないと思いつつも、しかし不安が拭い切れません。

……というか今見返すと私のメッセージあんまり良くないんじゃ……？

よく見ると質問を2回繰り返してるし、最初の質問は休日何してるか探りを入れてるみたいですし、ジョークは言うほど面白くありませんし、堅いし、長いし、ともすればなんのアピールだよって感じですし……

最初あれだけカンペキに思えたメッセージですが、今では直すところだらけの史上最低の悪文に見えてきました！

もう一度間島君へメッセージを送ろうとするこの悪い指を何度止めたことか!!

返信がない時の追撃メッセージは最もやってはいけないことの一つ、というイマモテの教えを思い返して必死で自制していますが……。

「だっ……ダメです！　なにか別のこと考えないと頭がおかしくなってしまいます！」

暗闇の中でスマホの電源をつけたり消したり、この時間がいちばん無駄じゃないですか！

「っ！」

私は布団をはねのけて起き上がり、電気をつけました。

どうせ寝付けないのなら他の有益なことに時間を使ってＭＩＮＥから気を逸らすべきです！

そうすればいつか間島君から返信がくるかもしれませんし……そうです！　それがいいです！

「まずは服装をもう一度チェックしましょう！」

こんな時間にパジャマから着替えることなんて滅多にありませんから、なんだかワクワクしてきました！

●23時00分

「……あっ！　絆創膏を忘れていました！」

私はスマホで調べた「女子必見！　デートに持っていくべきものリスト」のページを見て、

思わず声をあげました。

確かに慣れない靴で靴擦れしてしまう可能性がありますし、それに万が一に間島君が怪我をしてしまった時には、差し出すことができます！

「まあ間島君の性格なら普段から持ち歩いてそうですけどね……ふふふ」

ありそう。

そしてどちらかといえば怪我をしそうなのは私の方です。

…………

……間島君の名前を出した途端、むらっ……と、ＭＩＮＥのトークルームを確認したくなる衝動に駆られましたが、なんとか堪えました。

も、もう少し眠くなるまで明日の準備を続けましょう！

日付が変わる前にベッドへ入れば少なくとも６時間は眠れるわけですし……うん！　今みたいな忘れ物があるかもですしね！　そうしましょうそうしましょう……。

●24時00分

えーと、なになに……。

２回目のデートの約束は１回目のデートから１週間以内に取りつけるのが理想。

最もよいのは1回目のデートの食事中。

また、心理学用語で「黄昏時効果」というものがあり、人間の思考力や判断力は18時頃に最も鈍くなるといわれています。

つまり、早めのディナー時に約束をとりつけると最も成功率が高くなり……。

「は――――っ……なるほどなるほど……」

ランチョン・テクニックとの合わせ技というわけですね。

まったく恋愛心理学とはたいへん奥深いものです。

「えーと、告白のベスト・タイミングは3回目のデートで……3回目!?　いやいや早いですよ！　私と間島君はまだそんな……」

私はイマモテを読みながら、一人きゃあきゃあとはしゃぎました。

●25時00分

ミンスタを見ていたら上村駅から歩いて数分のところにオシャレな喫茶店を発見しました！

自家製の固めプリンが看板メニューらしいです！

いいですよね、固めプリン。

ホイップクリームにさくらんぼがちょんとのって、いかにもミンスタ映えしそうな見た目です！　グラスにもオレンジの水玉模様があしらわれててレトロ可愛くって……

間島君ってなんとなくですけどレトロなものが好きそうなイメージがありますし、２回目のデートはここに誘ってみたりとかしちゃったりとかしちゃったりとかしちゃったりして……？

●26時00分

……眠いと言われれば眠い気もしますし、眠くないと言われれば眠くない気もします。
でも眠れないことだけは確かでした。
身体は疲れているのに意識だけが覚醒しているというか……、
痺れるような……重いような……、
……甘いような？
なんというか……頭の中身が全部粘土になってしまったかのような……、
いい例えも思い浮かびません……、
とにかくこんなに夜更かししたのは……、
初めてで……、
………………寒い……、
……。

……おなか痛い……。

……。

…………間島君からの返信、こないな……。

●28時00分

…………ＭＩＮＥ……、

…………最初から…………、

…………送らなきゃよかった、かな…………。

●29時15分

全身をぬか漬けにされたような、最悪な気分の朝。

窓から差し込む青白い光と、冷たい空気、そして早起きのカラスの鳴き声を聞いていると、
眠さからくる幻聴とは違う軽快な電子音が、枕元で確かに鳴りました。

「ッッ!?」

私は跳ね起きてスマホを取ります。

——待ちに待った間島君からの返信でした。

「…………」

心臓がバクバクと鳴り、痛いぐらいです。
渇いた喉に唾が引っかかり、トークルームをタップする指が震えましたが、
私は意を決してディスプレイを叩いて——。

高嶺サキへ
返信が遅れてすまん、今起きた。
いつもこれぐらいの時間から習い事があるので人より少し早めに就寝するんだ。
昨日は荒川と岩沢の3人で買い物へ行った。休めたかどうかは疑問だが、問題はない。
休日に女子と出掛けるのは初めてだ。
では、9時に上村駅で。

この時の私の胸を満たす気持ちといったら、言葉で言い表すことはたいへん難しく。
しかしあえて一言で表わすとしたらそれは「安堵」でした。
「よか、ったぁ…………」
全身から力が抜けて、ぼすんとベッドに沈み込みます。

あぁ、これで心置きなく……デートに…………。

●11時17分

「…………………え？」

自分の身に何が起こったのか、理解できませんでした。

鉛のように重たい思考が、きゅるきゅると空転するのを感じます。

「…………………？」

しばらく起き上がることもせず、ただじっと天井を見上げていました。

……朝、いや昼……？

あれ？　ちょっと待って、私どうしてベッドの上に……。

今日は確か間島君との、デート……。

…………デート……？

私はほとんど身体(からだ)に沁みついた動作でスマホのスリープモードを解除し……、

――間島君から30分おきにかかってきている着信の履歴を見て、口から心臓が飛び出しかけました。

「あああぁぁぁぁぁああぁぁぁ――――――っっっっ!?!?!?!?」

今世紀最大に、やらかしました。


「はぁっ……はぁっ……！」

身体が重いです。思考がうまくまとまりません。

息が荒くて、汗もかいています。

髪はばさばさだし、お腹痛いし、泣きそうだし、罪悪感で胸が押し潰されそうだし……。

でも、この足を止めるわけにはいきません。

私はあてつけのような青天の下を駆け抜けて、そして――彼の姿を認めました。

「――間島君っっ!!」

遠目からでも、いつもの制服じゃなくても、すぐに分かりました。

彼は約束の時間から2時間以上過ぎた今となっても、その場所に立って私を待ち続けていたのです。

「ああ、だから……待て、高嶺サキが来た！　あとでまた連絡をする！」

間島君は私に気づくなり――誰かに電話をかけていたらしく――耳に当てたスマホをしまって、こちらへ駆け寄ってきました。

間島君が最初の言葉を発するまでの時間、私の呼吸が整うまでの時間、頭の中に様々な思いが巡りました。

ごめんなさい――ごめんなさい――
間島君ごめんなさい――私から誘ったのに――
怒られる――嫌われる――当然――
間島君のせっかくの休日が――私のせいで――
全部――私のせいで――本当に――
とにかく謝らなくちゃ――

「――大丈夫か!?」


いつも毅然と振る舞う彼は、私の顔を見るなり、
私が謝罪の言葉を発するよりも早く、ひどく焦った風に言いました。

「えっ……？」

「すごい汗じゃないか！　顔色も悪い……！　ちょっと待てハンカチを出す！　一人で歩けるか？　飲み物を……いや、それよりも先にどこか休める場所に移動して……」

彼はきょろきょろとあたりを見回して、休める場所を探し始めました。

驚いたことにこの暑さの中、2時間以上外で待たされた彼の反応は怒るでも呆れるでもなく……、

私の身を、本気で案じたのです。

「待ち合わせ場所に現れず、突然連絡がつかなくなったから何かトラブルにでも巻き込まれたのかと思いつく限りの知り合いに連絡をとっていたんだが……」

……私が昨晩、間島君からの返信がくるまでの間どんな気持ちで過ごしていたでしょうか？

怒らせてしまったんじゃないか？　嫌われてしまったんじゃないか？

メッセージの文面がよくなかったんじゃないか？

こんなことなら最初からMINEを送らない方がよかったんじゃないか——？

私はとんでもない馬鹿です。

自分のことばかりじゃありませんか。

彼は誰かと連絡がとれなくなったらまず、相手の心配をするというのに——。

「……ごめん、……なさい」

乱れた呼吸の合間、無理やりねじ込むように謝罪の言葉を口にします。

「ごめん、なさい……」

「？　謝罪などいい、それよりもまず休める場所を」

「ごめんなさい」

間島君に止められても、繰り返しました。

本当に、自分が嫌になります。

ただ念仏のように謝罪の言葉を繰り返したところで、彼のようになれるわけでもないでしょうに。

「……高嶺（たかね）サキ？　おい、足元がふらついているが……」

「ごめん……なさい……」

そしてその言葉を最後に、私の意識はぷっつりと途絶えました。

第四部　告白は「黄昏時」を狙うべし

■高嶺サキの章■

……暗闇の中でカツンカツンと不規則に何かを叩く音が聞こえてきました。

いや、どうやらその音はずっと前から聞こえていたらしく、私の意識の方が次第に覚醒し始めているようです。

右半身に感じる柔らかさ……革？　それに暖かい……。

どうやら私はソファに横たわって、毛布をかぶっているようです。

あと、なんでしょう？　空気から独特の臭いがします。

どこかで嗅いだことがあるような……カラオケ？

そうだ、昔ユウカちゃんと一度だけ行ったカラオケでこんな臭いを嗅いだ気が……、

「……？」

私はゆっくりと重い瞼を開けました。

……テーブルの陰になって、視界には薄暗闇が広がっています。

ゆっくりと身体を起こし、テーブル下の暗闇から這い出すと……、

正面に座る女性の姿を見ました。

「……6文字……6文字か」

かなり若く見えますが、年は30代半ば……といったところでしょうか？

正直な話、私は最初に彼女の容姿を見た時に少なからず恐怖を覚えました。

根元の黒くなった、俗に言うプリン状態の金髪。

そしてその下から覗く鋭い眼光は、こちらに向けられていなくても身が竦むほどの迫力があります。

彼女がもし道の向こうから歩いてくれば、私は目を伏せ、できる限り早足ですれ違うことでしょう。そういう女性です。

幸いなことに彼女はこちらに見向きもせず、ボールペンの尻でテーブルをカツンカツンと叩きながら、なんらかのテキストをにらみつけていますが……。

「ねえ女子高生ちゃん」

「はひっ⁉」

まさか声をかけられるとは思わず、声が裏返ってしまいます。

名前も知らないプリンの彼女は低い声で続けました。

「牛肉のパティをバンズと呼ばれるパンに挟んだ食べ物……ってなんだと思う？」

「へ……？」

「6文字なんだけどさ」

い、いきなりなんですか？

……状況は全く呑み込めませんが、問いの答えは分かりました。

「は、ハンバーガー……だと、思いますけど……？」

「それだ!!　なんだ引っかけ問題かよ、手こずらせやがって……」

いったい何に引っかけられたのでしょう……？

という私の疑問をよそに、彼女は空欄へ「ハンバーガー」の6文字を書き込みます。

……どうやらそれは、懸賞付きのクロスワードパズルのようでした。

「よっし、2問解けたから今日はもう終わり、脳トレ完了ぉーっと」

彼女は空欄だらけのテキストを閉じて、うーんと伸びをします。

……どうやら思ったより怖い人ではなさそうですが、いい加減、彼女の正体が知りたくなりました。

「あなたは……？」

「間島カオル、好きに呼んでいいよ」

「はあ、カオルさん……」

……あれ？　間島？

ちょっと待ってください、じゃあ……、

「もしかして間島く……ケンゴ君の叔母さんですか？」

「ケンゴはアタシのこと姉さんって呼ぶけどねーアハハ」

「どっ、どうも初めましてっ！　高嶺サキですっ!!」

頭が一瞬で「ご挨拶モード」に切り替わりました。

私は慌てて姿勢を正そうとして――その時、毛布からどさどさどさっと大量の何かが雪崩れ落ちます。

「うわっ、なんですかっ!?」

「はははは、カイロだよカイロ、使い捨てカイロ」

「か、カイロ……？」

もうすぐ夏なのにどうしてこんな大量に……？

困惑する私を見て、カオルさんがくつくつ笑いました。

間島君とは対照的によく笑う人です。

「覚えてない？　女子高生ちゃんがお腹痛がってたら、あのバカが大慌てで家じゅうの使い捨てカイロかき集めて毛布に詰め込み始めてさ。面白いからアタシ黙って見てたんだよねー」

「間島君が……？」

「いやー――マージでビックリしたよー、いっつも仏頂面のケンゴが血相変えて帰ってくるんだもん。しかも女の子おぶって！　突然倒れたんだって？　ウチが近くてよかったねー」

「あ……」

そうだ、私は駅前で気を失って……、

……間島君に運び込まれたんですね。

「ちなみにここはアタシの経営してるスナックで『レオ』っていうの、昔飼ってた猫の名前」

「スナックって……よく知らないんですけど大人のお店ですよね？」

もちろん入ったことはありませんが、言われてみれば私のおぼろげなイメージの通り長いカウンターがあって、棚には宝石みたく綺麗なお酒のボトルがずらりと並べてあります。

「そ、本来高校生が入っていいトコじゃないんだけど、まだ開店前だから今日は特別ね。……あ、センコーとかにチクったりしないで？　アタシ怒られちゃう」

「センコー……？」

カオルさんは……なんというか不思議な女性です。

……でもそれよりも今は、自分が間島君に何をしてしまったのかを思い出して、深い自己嫌悪に陥りました。

「……その、間島君は……？」

「頼まれてた買い出しを済ませてくるって言ってたよ？　多分そろそろ帰ってくる頃じゃないかなー」

「そう、ですか……」

「どったの?」

「……私、間島君にひどいことをしてしまいました。カオルさんにまでご迷惑を……合わせる顔がありません……」

「うーん、私はぜんっぜん気にしてないけどアイツもそんなの気にするような男じゃないよ」

「……だから申し訳ないんです」

間島君がそういう人間であることは、私自身よく分かっています。

……だからこそ、彼の優しさに甘えるような自分が許せないのです。

「ま、あんま気にしない方がいいんじゃなーい?　はいこれ」

「これは……?」

「アタシが使ってる痛み止めー、そんでこれは常温の水ー」

「……何から何まですみません」

「アタシはここで脳トレしてただけ、つきっきりで看病したのはケンゴだからさー」

……初めは、この人が間島君の育ての親と知って驚きを禁じ得ませんでしたが……、なんとなく、今なら分かる気がします。

「……私、間島君が戻ってきたら、直接お礼を言います」

「そーしなー、アタシみたいににっこり笑ってね!　サキちゃんせっかく美人なのにケンゴと一緒で無表情すぎ……ん?　ちょっと待って、高嶺(たかね)サキ?」

「は、はい？　なんですか……？」

カオルさんがテーブルから身を乗り出して、私の顔をじいっと見つめてきます。

そして眉間にギュッとシワを寄せて、言いました。

「高嶺サキって、もしかしてあの高嶺サキちゃん？」

「……あ」

……思えば当然のことだったのです。

何故なら彼女は間島君の育ての親で、
だったら当然、東中で起きたあの事件のことだって知っているでしょう。

間島君が停学になった、あの事件のことを――。

「あ、あの説は本当にすみませんでしたっ!!」

「ははは、またすーぐ謝るー、ていうかなんで謝んのー？　サキちゃんはなんも悪くないのにさー」

「だって私のせいで間島君が……！」

「ケンゴだってガキじゃないんだよ、誰かにやらされたわけじゃない、アイツがやったことの責任をアイツがとった、それでいいじゃん」

「ですが……」

「――てかサキちゃん！　上高に行ったとは聞いてたけど、こんな可愛い子だったの!?　肌とかすべすべでお人形さんみたいじゃん！　めんこいわ〜！」

「えっ、わっ、ちょっ……！」

「くっそー、あのバカ、そういうことは全っ然言わねえんだからなー」

　ぴくりと肩が跳ねます。

「……その、間島君は学校でのこと、何か言ってますか……？」

「言わないねー、マジで言わない、聞かれて初めて答える。『今日は掲示物を貼り替えた』とか『挨拶運動をした』とか『中間考査があった』とか、仕事かっての。あの面白みのなさは間違いなく父親似だわ」

「……そ、そうですか……はぁ……」

「でも最近『友達ができた』って言ってたっけ、珍しかったから覚えてるなー」

「そうなんですか!?　あの、すみません！　間島君は他になんと――」

「――ただいま姉さん」

「あ、おかえりケンゴ」

「ひゃあああああああっ!?!?」

　私は思わず悲鳴をあげて――すかさずカオルさんからもらった痛み止めを隠しました。

　間一髪、間島君には気付かれなかったようです。

　彼は私を見るなり目を丸くして、

「目が覚めたのか!? 顔色は……よくなったようだが身体の方は!? なにもないか!?」

「あ、あう、その……!」

「あーあー、ただの貧血だよ、今起きたばっかりなんだからあんま大きな声出すなっての。ケンゴの声低いから響くんだって」

「そうか、それならよかった……」

間島君がほっと胸を撫でおろします。

その表情には確かに私の無事に対する安堵がありました。

人のことを本気で心配して、本気で安心できる……間島君はそういう人です。

「食欲はあるか?」

「え、ええ」

「なら腹が減っているだろう、かなり遅くなってしまったが昼食を用意する。姉さん、厨房を借りていいか?」

「勝手に使ってー、アタシもう眠い」

「分かった、じゃあ高嶺サキはそこで待っててくれ」

「あっ! 間島君、私も手伝いま……!」

「まーまー座りなって」

買い物袋片手にカウンターの奥へ消えていく間島君の後を追おうとしたら、カオルさんに引き止められました。

「ウチのキッチン狭いから二人も入れないよ。病人なんだから素直に甘えなって」

「でも、看病してもらった上に料理まで作ってもらうなんて私……！」

「――そんなことよりケンゴのどこが好きなの？」

　思いっきり、噴き出しました。

「なっ、なななななっ、なんでそんなっ」

「そんな慌てなくてだいじょーぶ、ウチの換気扇、古いせいか馬鹿みたいにデカい音鳴るから叫んだってキッチンには聞こえやしないよ、ヒヒヒ」

「ど、ど、どうして分かったんですかっ……!?　今までも誰にも……いやっ一人にしかバレてないのにっ……！」

「そりゃー皆が節穴すぎるね、私はすぐ分かったよ？　年の甲かな？　って誰がババアやねーん、なんつってなアハハハ」

　……カオルさんのノリツッコミはさておき、平林さんといいカオルさんといい、もしかして私って結構分かりやすいんでしょうか……？

　今、穴があったら入りたい気分ですっ……!!

　……ともあれ、ここまで来たらもう言い逃れすることなんてできなくって、

「……ああいう、まっすぐで……裏表のないところ、です……」

「ヒューヒュー！」

カオルさんに煽られて、たちまち全身が熱くなりました。

彼女とはまだ会って数分だというのに、私は何を言わされているんでしょうか……

「まっ仲良くしてやってよ！　アイツは私の自慢の息子だから変な女を好きになるはずがないし、そしてケンゴを好きなサキちゃんが変な女なはずがない！　よって心配なし！　早く付き合っちゃいなよ！」

「そ、そうですかね？　えへへ……」

親公認、というワードが頭に浮かんで思わず頬が緩んでしまいます。

……ん？

というかカオルさん、今どさくさに紛れて何か変なことを言ったような……？

「つーかアイツをオトすのなんて世界で一番簡単だからね！　ラクショーだよラクショー」

「そっ、そうなんですか……あはは」

……私にとっては難攻不落の牙城なんですが。

というか息子同然の間島君にこんなこと言えるカオルさんって、色んな意味ですごいと思います……

「まーサキちゃんならヨユーだろうけど、人生の先輩として1個だけアイツの攻略法を教えてしんぜようかな？」

「こ、攻略法!?」

私は思わず前のめりになります。

あの最強無敵の恋愛バイブル『イマモテ』をもってしても、未だ攻略の糸口の見えない間島君に一体どんな攻略法が——!?

「簡単だよ。目を見て、ちゃんと言葉にすること。アイツは0か100かだから言葉にしないことはぜんっぜん伝わらないけど、でも言葉にさえすれば、ちゃんと全部受け止めるから」

「う……」

……カオルさんの正体は超能力者で、実は最初からなにもかもお見通しなのかもしれません。

「……本当に、何から何までありがとうございます」

「うん、くるしゅうない」

カオルさんは冗談っぽく言うと、耳の上にボールペンを挟んで席を立ちました。

……今思えば、カオルさんはずっと私のことを気遣って、あんなくだけた態度で接してくれていたのかもしれません。

「じゃ、アタシもう本格的に眠いから仕事の時間まで寝てくるわー……あっ」

「?　どうしました?」

「……ゴムいる?　前のカレシが置いてったヤツならあるけど……あ、いやいらないのか」

「——どういう意味ですかっっっ!!」

生まれて初めて人にキレてしまいました。

肩を怒らせる私を見て、カオルさんは「ヒヒヒー」と悪魔みたいに笑い、風のように店内から去っていきました。

……前言撤回。

やっぱりあの人、普段からあの調子な気がします……。

「……短い間にずいぶん姉さんと仲良くなったんだな」

「ひぎゃあっ!?」

厨房にいたはずの間島君の声がすぐ後ろから聞こえてきて、大声をあげてしまいました。

今日だけで一生分叫んだ気がします!

「まっ、ままま、間島君、今の会話、き、きき、聞いて……」

「? いや、今厨房から戻ったばかりだ」

「そ、そうですか……」

まだ胸がドキドキいっています……心臓に悪いです……。

「それより昼食ができた、簡単なものだが」

そう言って、間島君がテーブルに湯気立つ一杯の椀を運んできました。

湯気に乗って香る、ほっとするような食欲をそそる芳香……。

「……お茶漬けですか?」

「鮭茶漬けだ、ありあわせで悪いが、これを使ってくれ」

間島君がレンゲを手渡してきます。

……なにからなにまで、どうして彼は、こんなにも人に優しくできるのでしょう。

私は、好きな人との約束だって守れなかったのに……情けない……。

彼の優しさに触れて、再び私の中に抑えきれない自己嫌悪が膨れ上がってきます。

「おれもついでに昼食をとらせてもらう、ここ座るぞ」

「……ごめんなさい」

「うん？」

「今日は本当に……ごめんなさい」

改めて口にすると、たちまち目頭が熱くなってきました。

ああまた、感情が、ダメです。

今日の私はとりわけダメです。

こんな私だけは、間島君に見せたくありませんでした。

「私から約束したのに……私が口に出したことなのに、守れませんでした……また嘘を吐いてしまいました。ごめんなさい、本当に、私……」

間島君は決して嘘を吐きません。

そんな間島君に、私は嘘を吐いてしまったのです。

彼の褒めてくれた「遵法精神（じゅんぽうせいしん）」を、私は裏切ってしまいました。

それなのに、それなのに彼は……、

「――君の身体（からだ）より優先されることがあるものか」

まっすぐと、私の目を見て、
まるでそれが世界でたった一つの真実であるかのように、

「謝罪の言葉なら十分すぎるほど聞いた、おれは全く怒っていないし、買い出しも無事完了した、それで終わりだ」

きっぱりと言い切ってしまうのです。

「冷めるぞ」

「……ありがとう、ございます」

……ああ、やっぱり彼には敵いません。

私は「いただきます」と小さく唱え、レンゲでひとすくい、ゆっくりと口に運びます。

食欲をそそる香ばしい玄米の香りと、肉厚で塩気の強い鮭が口の中でほろりと崩れる食感。

温かくて、優しい、身体の芯からほっとする味でした。

「……私、インスタントじゃないお茶漬け、初めて食べました」

「上村（かみむら）名物の塩引き鮭と上村玄米茶の鮭茶漬けだ、米はもちろん新潟県産コシヒカリ、合わないわけがないな」

「世界でいちばんおいしいです」

「言いすぎじゃないか？」

……いえ、
世界でいちばん、おいしいんです。

「間島君は本当に料理が好きなんですね」

「これを料理と言っていいのか分からないが、姉さ……叔母さんが料理好きでな、ほとんど叔母さんから教えてもらった」

「そうだったんですね」

「そういえば上村茶も淹れたんだ、ぬるめに出してあるから甘みが引き立ってうまいぞ」

「……お茶も好きなんですか？」

「自慢じゃないが日本茶検定の一級を持っている。ゆくゆくは日本茶インストラクターの資格を取得するのが目標だ」

「よく分かりませんが、すごいですね」

「まだまだだよ」

そう言う間島君の横顔は、どこか誇らしげでした。

「……」

私は湯飲み茶碗を手に取り、澄んだ緑色のお茶を一口含みます。

初夏に萌える若葉のように、爽やかで瑞々しくて甘い香りが鼻を抜け、その時ふいに「私はまだ、間島君のことをなにも知らないいんだな」と思いました。

「……間島君」

「うん？」

「……私、間島君とお話がしたいです」

「いつも学校でしているだろう？」

「そういうのじゃなくて、もっと——間島君が知りたいんです」

「おれを？」

間島君は珍しく困惑しているようでした。

「おれの話なんて面白くないぞ」

「なんでもいいんです、好きなものとか、昔の思い出とか」

「しかし、おれはそもそも自分のことを話すのがニガテで——」

間島君が言葉に詰まりました。

彼は私の目を見て何か逡巡している様子でしたが、しばらく考え込んだのち、

「……いや、なんでもない。そうだな、質問形式にしてくれると助かる」

「じゃあ、第1問、好きな食べ物はなんですか？」

「大阪屋の新潟銘菓・万代太鼓という菓子だ。季節限定でいちごや洋梨、レモン、マンゴーな

どの新味が出るが、プレーン以外食ったことはない。やはり何においてもスタンダードが至高だろう」

「好きなテレビ番組は？」

「ほとんどNHKしか観ない、動物のドキュメンタリーが好きだ。説教じみた主観を交えたりせず、機械的に事実だけを並べていくあの無機質さが好ましい。同じ理由で図鑑などを読むのも好きだな。幼い頃は図書館に通い詰めてそればかり読んでいた」

「……私服、似合ってますね」

「これか？　昨日荒川(あらかわ)と岩沢(いわさわ)に付き合ってもらって選んだ。シャツとパンツとスニーカー、できるだけシンプルなデザインで素材にこだわったものにした。着心地はいい」

「お風呂は何度で入りますか？」

「40度……なあ、これは本当に面白いのか？」

「面白いですよ」

「しかし」

「面白い、です」

　私は彼の目をまっすぐ見て、力強く言いました。

　間島君はしばらく私と視線をぶつけて、根負けしたように、

「……分かった、次はなんだ？」

「そうですね……じゃあ」

それから私と間島君は、色んなことを話しました。

旅行で行ってみたい場所は？

好きな季節は何か？

初めて読んだ本は何か？

まぁ基本的には私が質問をして、間島君がそれに答えるだけなのですが……、
それでも私は、この時間が楽しくて仕方ありませんでした。

学校での噂とか、周りの目とか、恋愛心理学とか、
そういう色んなものからずっと遠い場所にある、間島君と二人きりのこの小さな空間で、間島君と言葉を交わすこの時間が、本当に……本当に楽しかったのです。

ずっと、この時間が続いてほしいとさえ思いました。

「——好きな歌は、なんですか？」

そして、何問目になるかも分からないその質問を投げかけた時、

「……好きな歌」

間島君は、初めて答えに詰まりました。

どんな質問でも淀みなくハキハキと答えていた彼が、突然、押し黙ってしまったのです。

「どうかしましたか？」

「……ちょっと待っていてくれ」

間島君はおもむろに席を立つと、そのままカウンターへ歩いていきます。

そして立てかけてあった分厚いタブレットのようなものをタッチペンで操作して……、

「――この曲を知っているか？」

その言葉を合図に、やたら高い位置に取りつけられていたテレビの画面が切り替わりました。

テレビには、ある曲のタイトルが表示されています。

「……知ってます！」

ずっと、ずぅっと昔の話、私が幼稚園に通っていた頃でしょうか。

夕方の五分間、アニメーションとともに楽曲を流す子ども向け音楽番組……そこで流れた一曲です。

当時この番組に取り上げられたことで、社会現象になるほど流行ったのですが……、

「すごい！　懐かしいです！」

テレビで流れるアニメーションも当時のままで、ついはしゃいでしまいました！

「流行の曲は……正直よく分からないが、この曲は印象に残っている」

間島君はそう言いながら、テレビの下からあるものを取り出します。

それは2本のマイクでした。

「昔、姉さんがよくここで歌ってくれたんだ。いつも泣いていたおれのために、何度も何度も」

「泣いていた……？　間島君がですか？」

「おれにもそういう時期があったんだ、ほら」

間島君がマイクの片方を私に差し出してきます。

そこでようやく、私はこれが「カラオケ」であることに気がつきました。

「え、これ……？」

「マイクのスイッチは入れてある、歌詞は覚えているか？」

「なんとなくは……じゃなくて！　これ勝手に歌っちゃっていいんですか!?」

多分ですけど、これってこのスナックのものですよね!?

お金とか発生したり――、

「――バレなければ問題ない」

「え……」

間島君らしからぬ返答に、耳を疑いました。

その言葉の意味が理解できず、置物みたく固まってしまったほどです。

「ほら、もうイントロが終わってしまうぞ」

「ま、間島君……？」

「ああもう」

――そして私は見ました。

こちらを振り返った間島君の、
悪戯っぽく、
照れ臭そうに笑う、
その顔を、

「――さすがのおれでも、一人で童謡を歌うのは恥ずかしいんだぞ」

「あっ――」

片想いの相手の、初めて見た一面。

そのあまりの衝撃に、私はしばらくぼーっとなってしまって、間島君とのデュエットは2番からになりました。

きっと間島君には、まだまだ私の知らない顔がいっぱいあって。

そして私はそれを見るたびに、どんどん間島君が好きになっていくのでしょう。

……ちなみにこれは余談ですが、私も間島君も、世間的に見てあまり歌が得意な方ではないらしいです。


――結局、「レオ」の開店時間である18時まで、間島君とお喋りしてしまいました。

窓がない店内にいた時は気付きませんでしたが、外に出ると、上村の空は薄紫色に染まっていました。

夕暮れ、マジックアワー、いわゆる「黄昏時(たそがれ)」です。

「間島(まじま)君、今日はありがとうございました」

「気にしなくていい」

夕焼け色に染まった家路、隣を歩く間島君が答えます。

最初は「お店の外までで大丈夫」と断ったのですが、間島君が「病み上がりで心配だから家まで送る」と言ってくれたので、お言葉に甘えることになりました。

「カオルさんにもお礼を伝えてもらえると嬉しいです」

「分かった、伝えておく」

「……今日は本当に楽しかったです」

間島君には感謝してもしきれません。

なんせ最悪の一日が、一転して最高の一日になってしまったのですから。

……本当に、夢みたいな時間でした。

「雑談をして1曲歌っただけだが楽しんでもらえてなによりだ。そういえば買い物は良かったのか？」

「あ、あー……大丈夫です、突然いらなくなりましたので……」

本当は欲しいものなんてなにもなくて、もしも今日間島君とお買い物デートに行けたら適当に目についたリップクリームでも買おうと思っていた――、なんて口が裂けても言えません。

「そうか、ならいい」

「ええ……」

……私は気付かれないよう、間島君の横顔を見上げます。

意思の強そうな切れ長の瞳。

眉間のシワ。

その真剣な表情。

センター分けの前髪から覗く、すべすべしたおでこ。

そして近くで見ると意外と長い睫毛。

一つずつ挙げていくとキリがなく、そしてまた数えきれないほどに増えてしまいました。

今日一日で、確信しました。

──私は間島君が好きです。

きっと、世界中の誰よりも。

「だいぶ日が長くなってきたな」

「えっ……ええ、そうですね」

あぶない、うわの空でした。

それというのも、私の頭の中にはずっと「黄昏時効果」の文字が躍っていたからです。

黄昏時効果……人間の思考力や判断力は18時頃に最も鈍くなる……

つまり、今は最も告白が成功しやすい時間……。

「……」

私はごくりと唾を呑みました。

告白……してしまうんですか!? 私は……!?

いやでもイマモテには3回目のデートの夕食時がベストって! 今日はまだ初めてのデートですよ!? そもそもデートだったのかも怪しいですし!

……でも、これ以上のタイミングはもう二度と巡ってこない気もしますし、今日一日で結構間島君との距離も縮まった気もするし、一足先に叔母様に挨拶してしまいましたし!?

それに今は——なんとなく、いい雰囲気ですし!?

間島君の隣を歩く私は、きっと外から見ればいつもの不愛想な私なんでしょうが、内側はまるで嵐のようでした。

頭の中は沸騰した鍋のようで、心臓は早鐘を打ち、今にも膝が震え出しかねません!

告白どころか、一言だって発した瞬間、口から心臓がこぼれ出そうです!

「……」

どうにか悟られないよう平静を装って歩いていると、振り子のように揺れる、間島君の左手が目に留まりました。

骨ばって、血管の浮き出た、男の人の手です。

「……」

……たった一言が言葉にできない、臆病な私でも。

……行動にだったら。

……できるんじゃないでしょうか……？

「……！」

私は一度ぎゅっと拳を握りしめたのち、ゆっくり手を伸ばしました。

心音が、すぐそばに聞こえるほどうるさくなります。

もしもこの手を握ったら、間島君はどんな反応をするでしょう。

怖くてたまりません。振り払われたら……きっと私は一生立ち直れないでしょう。

――でも、それが分かっていてもなお、勇気を振り絞り、

今だけはイマモテの教えを無視して、

手を――、

「――お、あのジャージはウチの生徒だな」

「ヒッ!?」

今にも指と指が触れ合おうというその瞬間に間島君が言ったので、私は反射的に間島君の陰に隠れてしまいました。

幸い反対側の歩道を歩く彼らはこちらに気付かず、談笑しながら通り過ぎていきましたが……

タイミングが悪すぎます！　なけなしの勇気を振り絞ったのに！

「び、びっくりしました……」

溜息交じりに出たその言葉に、特にそれ以上の意味はありませんでした。

でも、どうしてでしょう。

間島君はそんな私をどこか悲しそうな目で一瞥すると……、

再び進行方向へ視線を戻して、ぽつりと一言。

「……やはりおれと一緒にいるのは、見られたくないよな」

「…………えっ？」

「会って喋るのはもうこれで最後にしよう」

理解が、追いつきませんでした。

ただただ頭が真っ白になって、その場に立ち止まります。

かろうじて出た言葉は、

「……どうして」

それだけでした。

間島君もまた、足を止めます。

「……今日一日、ずっと考えてたんだ」

　しかし、こちらを見てはくれません。

「……君が待ち合わせ場所に来るまでの間、おれはどうしても君のことが心配になって、主に上高生（カミコー）だが、相当な人数へ連絡をとってしまった。高嶺（たかね）サキについて何か知らないかと。それだけじゃない、駅から家まで君をおぶって、走ってしまった」

　それは本当に……心の底から私が感謝していることなのに、
　どうして間島君はそんなに悲しそうな声で言うんですか？

「上村（かみむら）は狭い……実際、君をレオに運び込むまでの間にも何人かの上高生に見られた。週明けには学校で噂（うわさ）になっているかもしれない」

　なるほど確かに、それは恥ずかしいかもしれません。

　そんな噂を流されては困ると間島君が言うのなら、私は何度だって間島君に謝りますし、流れた噂だって一人ずつ私が直接話して訂正します。

　でも、それならどうして、
　間島君は、そんなにも、
　悲痛な――、

「――君には好きな人がいる。おれとの噂が流れたら困るだろう」

――、

「―――、―――？」

「まあ、相手のことは知らないが、君ならきっと大丈夫だ。なんせ君は容姿端麗、成績優秀、品行方正、温柔敦厚、遵法精神……まさしく才色兼備なのだから。その魅力は必ず相手に伝わるだろう」

白。

白。

「それに、恥ずかしながらおれには恋愛経験がない。君の相談にはもっと適任がいるはずだ」

白。

白。

「それでもおれに相談したければ……そうだ、ＭＩＮＥがある。いや、なんなら今相談に乗ってもいい。大したアドバイスができるとも思えないが……」

白。

白。

「そうだな、それがいい。参考までに聞きたいのだが――」

「高嶺サキが思いを寄せる相手はどんな人間なんだ？」

……その時、

果てしなく続くと思われた真っ白な世界で、

暴力的なまでに色とりどりの何かが、

ばちんと弾けて、

私を、

「……16歳」

「おれたちと同い年か、それで？」

「身長は１７５センチ、体重は62キロ」

「？　やけに具体的な数字だな」

「血液型はA型、誕生日は5月3日の憲法記念日」

「……うん？」

「前髪は目にかからないセンターパート、切れ長の一重に意外と長い睫毛、手入れされているストレート眉、眉間には深いシワ、すっと通った鼻筋、薄い唇」

「……高嶺サキ？　なにを……」

「――常に生徒手帳を携帯していますが、校則および校歌は暗唱できます。他にも人の名前と誕生日を一度で覚えられる特技を持っています」

「保守的な性格で、規律や伝統を重んじる一方、新しいものや新しいことに疎く、変化に対して消極的です。しかし否定的なわけではありません、それが良いものだと分かれば素直に受け入れる柔軟さもあります」

「料理を作ることとお茶にこだわりがあって、特に日本茶は検定の一級を持っています。将来は日本茶インストラクターの資格をとるのが夢」

「好きな食べ物は新潟銘菓・万代太鼓、プレーンのものしか食べません。牛丼にもトッピングはせず、お風呂も40度ぴったりで入ります。あまり冒険をしないタイプですね」

「テレビはＮＨＫしか観ません、動物のドキュメンタリーが好きです」

「他人の過ちを厳しく罰しますが、しかしその人の人格を否定することは決してしません。それを皆も分かっているのに——自分で自分のことを嫌われ者だと思い込んでいる、ひねくれた一面もあります」

「昼休みはいつも屋上前階段で一人、お弁当を食べています」

「人のことにはよく気がつくくせに、自分のことになると壊滅的に鈍い人です」

「……ここまで言わないと分かりませんか？」

「…………あなた」

「……あなたですよ」

「あなたあなたあなたあなたあなたあなたあなたあなたあなたあなた」

「――あなた以外、いるわけないでしょう！？！？」

上村の、昼と夜の隙間に、私の声が響き渡ります。

世界にはもう、私と間島君以外、誰もいませんでした。

「今日遅刻したのは、私が間島君とＭＩＮＥできたのが嬉しくて眠れなかったからで！」

「わざわざ間島君を捜したのは、間島君と一緒にお昼が食べたかったからで！」

「間島君の前で泣いちゃったのは、あなたに変な人に思われたかもと不安になったからで！」

「要するに」

「要するにっ……」

あなたが好きなんですよ!!

私が胸の内の全てを、ひとつ残らず吐き出したあと、あたりは深い静寂に包まれました。

「はぁっ……はぁっ……！」

肩を上下させ、頭の中を真っ白に染め上げる蒸気を熱い息に変え、アスファルトの地面に吐き出します。

そして何度かそれを繰り返したのち……、
突然、我に返りました。

「……っ!?」

私は面を上げ、そして見ました。

今までに一度だって見たことのない、間島君のその顔を――、

「……すまん……」

彼がどういった意図でその言葉を発したのかは、分かりません。

でも、その言葉を聞いた途端、私の目から熱い雫が零れて、アスファルトの地面を打ちました。

「ッ!!」


……そこからはもう、覚えていません。

私は誰かに見られることも気にせず、がむしゃらに家路を走り抜けて――、

気がついたら布団の中で泣いていました。
そしてバカみたいに、明け方まで泣き続けて、
せっかく買った若葉色のワンピースは、たったの一日でしわくちゃになってしまいました。

第五部　恋愛を成就させる要素の9割は勇気と根気

■間島ケンゴの章■

——上村大祭は必ず雨祭りになる、とのジンクスが上村市民の間にある。

まずは上村大祭について説明しよう。

上村大祭とは、上村が城下町だった寛永の時代から400年近く続く由緒正しき伝統の祭りだ。

期間は7月6日から8日までの3日間。

数えきれないほどの露店がずらりと並び、「おしゃぎり」と呼ばれるいくつもの屋台山車が町中を巡行するさまは、まさしく圧巻である。

そして今日は7月7日、本祭り。

田舎町である上村が、一年のうち最も活気づく一日である。

……しかしながら、この時期の上村は梅雨まっさかり。

上村大祭は例年、じとじとした湿気と長雨の中で行われるのが常で、だからこそ「雨祭」ななど呼ばれていたのだが……

　――珍しいことに、今日は快晴であった。

　これは本当に珍しいことで、上村市民はまるで挨拶のように今日の天気について触れ、生徒たちのメイントピックまでもが「今日の天気」一色になったほどだ。

　しかし、抜けるような気持ちのいい青空とは裏腹に、俺は……、

「お――――い、ケンゴ――――っ」

　机に頬杖をついていたら、耳元から荒川の声がしてはっとなった。

　見ると隣に岩沢の姿もある。

「あ、ああ……お前らか、授業はどうした？　どうしてここにいる？」

「はっ？」

「なに言ってんの間島クン、ホームルーム終わったけど」

　岩沢に言われて、驚いてあたりを見る。

　……人がまばらだ。時計の針を見ると15時半を指していた。

「ああそうか、もう放課後か……」

　おれが言うと、荒川と岩沢が怪訝そうに目を見合わせた。

「……ここ1か月ぐらい、ケンゴいっつもぼーっとしてるよなー」

「高嶺さんとデ……買い出しに行った日からでしょ？　体育祭も心ここにあらずって感じだ

ったし、なんかあったの？」

高嶺サキの名前を出されて、心臓を直接触られたような感覚に陥った。

「な……なんでもない」

「そう答えるのもこれで5回目だぜー」

「今日は本祭りの見回りっていう大仕事が待ってるのに」

……上村大祭の本祭りには例年、実に多くの人間が集まる。

上村高校の生徒だけでなく、中山高校に下川高校……ひいては県内外から大勢の人が集まるイベントだ。

それほど大規模なイベントとなると、毎年なにがしかのトラブルが絶えない。

そこで我らが上高生が問題に巻き込まれていないか見回るのもまた、風紀委員の大事な仕事であった。

「今日はただでさえ天気が良くて人も多いんだから、その調子だと困るよ」

「いい加減観念して話しなー？」

「いや、しかし……」

いいい、あんなこと、彼女の名誉のためにもおいそれと他人に話していいはずがない。

それにこれはおれが一人で解決すべき問題で……、

「――とか思ってるぜー、ケンゴのヤツ」

「何故(なぜ)分かる!?」

「ケンゴが分かりやすすぎるんだよ」

「すぐ一人で抱え込んで勝手に深みにはまるしねー、ていうか一人で解決できてないから今こうなってるわけじゃん？」

「うっ……」

それを言われると痛かった。

「言いふらすのと相談するのは違うんだぜ、ここは俺らを信用して相談してみてくれよ」

「そうそう、ボクらを信用してさ、誰にも言いふらしたりしないよ、ボク口は堅いんだアハハハハ」

「もしタツキが言いふらしたら俺が代わりにボコボコにしてやるから、な？」

「……ははは」

「お前たち……」

信用して、相談か。

……すまん、高嶺サキ、何度だって謝る。

「……場所を移そう」

だから今回だけは彼らの力を借りさせてくれ――。

駐輪場の、奥まった暗がりで、
蝉たちの大合唱と入道雲が見守る中、おれは高嶺サキと屋上前階段で昼食をとるようになった経緯、それから1か月前の「レオ」でのこと、更にその帰り道の出来事をできる限り正確に二人に話し終えた。

「……マジ？」

「マジで……？」

荒川と岩沢の第一声は、くしくも同じであった。

彼らはしきりに頭を抱えたり、何か言いかけてやめたり、溜息を吐き出したりしている。

「うわ――マジか――……チョー面倒なことになってんじゃん……」

「てかサキちゃんスゲェ――……ケンゴ相手によくそこまでできたな……」

「……一応確認したいんだが、これは全ておれの落ち度だよな？」

「う――――ん………どう思う？　荒川」

「個人的にはサキちゃんの肩持ってあげたいけど……ケンゴはケンゴだからなぁ」

どういう意味か分からないうえ問いの答えにもなっていなかったが、岩沢は納得した風だった。

「ま、なんにせよ最終的に女の子泣かせたケンゴが悪い」

「……だよな」

それぐらいは、さすがのおれでも分かっていた。

「で？　間島クン、告白の返事はしたの？」

「……いや」

「えっ⁉　話の通りならもうすぐ１か月経つけど⁉　あれから何も言ってないの⁉」

「おれも……分かっている、何か言葉をかけなければいけないと。……しかし、あの日からずっと避けられているんだ。高嶺サキはおれの顔を見ただけで逃げてしまう」

「ま、サキちゃんの気持ちも分かるなー」

「……それに、仮に喋ることができても、なんと声をかけるべきか分からない」

自分でも、らしくないとは思う。

「……おれは誰よりも未熟だから、まっすぐにしかいられない」

しかし一度話し始めてしまうと、自分の胸の内に抑え込んできた弱い自分が、どうしても顔を覗かせてしまう。

「右か左、白か黒、善か悪、どちらかに割り切らなければ、何一つ決断することのできない不完全な人間だ。……だからこそ正しいことだけを選んできたつもりだった」

しかし、本当は分かっていたのだ。

ここは０か１かのデジタルじみた世界ではなく、もっとアナログ的な曖昧で満ちていて。

どっちつかずの中間も、黒に近いグレーも、偽善も、溢れすぎているほど溢れている。

いやむしろそっちの方が多いのだということを、おれは分かっていた。

分かった上で、未熟なおれが自らそれを見定めることなんて傲慢な行為だと思っていた。

でも、それでもなお……

「……どうやらまた間違えたらしい、おれは高嶺サキを深く傷つけてしまった」

「……」

「……」

荒川と岩沢が、互いに顔を見合わせる。

そして……荒川はおれを見て、一言、

「……まあ、そういう難しいことは置い、とい、て」

「置い、とい、て!?」

思わず声を荒らげてしまった。

結構真面目に喋ったつもりだったんだが!?

「置いといて、さ」

「今大事なのって、正しい正しくない以前にケンゴがどうしたいかじゃねえの？」

二人は同時に溜息を吐き出し、いかにも芝居がかった風に続けた。

「えーと？　ボクの記憶によると確か、間島クンも高嶺さんのことが好き……あー、やばいやばい荒川ー、ボクこの件の解決策、分かっちゃったかも」

「奇遇だなー、俺もなんだよなー」

「ああ――――、まさかたったこれだけで高嶺さんとの関係を修復する、魔法のような言葉があるなんて――――」

「どうしよ？　タツキ言っていい？　俺が言っていい？」

「……すまん、お手上げだ、教えてくれ」

俺が白旗をあげると、岩沢が荒川へ回答権を譲る小芝居があったのち。

荒川は人差し指でびしっとおれを指して、言った。

「――ケンゴはまだ、サキちゃんになんにも言ってない、まだ始まってもいないんだよ」

おれはまだ、高嶺サキに何も言っていない……？

「……そうか」

まさしくそれは、魔法のような言葉だった。

「……そうか、それは……確かに、そうだ……」

噛(か)み締めるように、何度も繰り返す。

……そうだ、その通りだ。

なんと声をかけるべきか――じゃない。

高嶺サキはあんなにもはっきりと、言葉を尽くして、自分を伝えたのに。

おれはおれの言葉を何一つとして高嶺サキに伝えていない。

「……おれはただ、おれの気持ちを伝えればよかったのか」

　悩むなら、まずそれからだろう。

　まるで出口の見えない暗闇へ、一筋の光明が差し込んだような晴れやかな気分だった。

　荒川と岩沢は、そんなおれを見て満足げに微笑んでいる。

　……なるほど、信頼して相談とはいいものだ！

「荒川！　岩沢！　感謝する！　今日の見回りが終わったら、おれはどんな手を使ってでも高嶺サキに気持ちを伝えるぞ！」

「あ――――よかった、間島クンやっといつもの調子に戻ったよ」

「よっし、じゃあ今日はとりあえずさくっと見回り済ませて、それから露店でも回りながらケンゴとサキちゃんが話す場をどうやって作るか考えようぜー」

「荒川いいこと言うねー、ボクりんご飴」

「チョコバナナ」

　荒川と岩沢が、好きな露店の食べ物を並べて遊んでいる間、おれはまだ感動の余韻に打ち震えていた。

　……そうだ、簡単なことだったんだ。

　なんのしがらみもなく、ただ素直に自分の気持ちを伝える。

「……こんな簡単なことに、おれは3年も片想いをしていて気付かなかっただなんて……」

「ベビーカステ……ん？」

「ん？」

「ん？」

おれの何気ない呟き（つぶや）に二人が反応した。

なんだ？

「……3年？　サキちゃんの話？」

「そうだが？」

「……いや！　聞きたいことは色々あるんだけど！　まず前提として二人ってそんな前から知り合いだったの？」

「はぁ？」

おれは思わず眉間（みけん）にシワを寄せてしまった。

「何を馬鹿なことを言っているんだ？　おれも、荒川も、岩沢も、そして高嶺サキも——全員同じ東中（トーチュー）だったろう」

「えっ」

「えっ」

「……まさか本当に覚えていないのか？　3年間一緒だったのに薄情な連中だな。3年の夏、おれが停学を食らったことがあったろう、あの時の女の子が高嶺サキだぞ」

「……」

「……？」

鳩が豆鉄砲を食らったみたく呆けた顔を晒した二人が、しばし無言で固まり、
そして……

「「あぁ――――――っ!?!?!?」」

二人揃って絶叫した。

「高嶺さんって、あの子だったの!? ウッソぉ!? いやっ、でも言われてみれば確かにそんな名前だったような……!?」

「印象変わりすぎて分かんねぇよ!! どっか別の中学からきたのかと思ってた……」

「……本当に薄情な連中だな、クラスは違っても同じ学校の生徒ぐらい覚えておけ」

「い、いやでも、俺たちあの頃……なぁ？」

「あの頃のボクらは……ほら、学校のことなんか興味ないっていうかー……？ なんていうかツッパってたしぃ……？」

「何がツッパってただ。カッコつけるんじゃない」

「いやでも！ その話聞いたら全部納得がいった！ 高嶺さんが間島君のことを好きになる理由も全部……！」

「どうでもいいがもう見回りの時間だ、無駄話は後にして会場に向かうぞ」

「「まっ、マジメすぎ———っっ！」」

岩沢と荒川が今にも卒倒しそうな勢いで仰天した。

前にも言った気がするが、彼らはいわゆる凸凹コンビであるクセに、こういう時ばかり息が合う。

■高嶺サキの章■

放課後、いつもの空き教室で私は、炎天下に置き去りにされたナメクジみたく、机に突っ伏していました。

あらかじめ言っておきますが、これは上村の夏にやられたわけではありません。

「——今日でちょうど3か月だねえ」

「…………」

第二ボタンまであけたブラウスの、大きく開いた胸元を下敷きでぺこぺこ仰ぎながら、ユウカちゃんが言いました。

それは私が今世界で最も聞きたくない台詞であったため、私はさらにナメクジじみてしまいます。

「……嫌われました」

机に突っ伏したまま、くぐもった声で言いました。

「絶対に私、嫌われました……私は一時の感情に任せて……間島君に、あんな……」

まったく、お笑い種ではありませんか。

3か月以内に告白するつもりが、まさかの3か月以内に嫌われてしまいました。

あ、でももしかしたら間島君は最初から私のことを嫌っていて、優しい彼はずっと遠回しに私のことをフッていたという線もありますね？　あはは。

……なんにせよ、あの「すまん」が全てで、

「もう合わせる顔もありません……」

実際、私はあの事件以降、間島君とは顔も合わせていません。

ＭＩＮＥの既読すらもつけられない始末です。

それもひとえに、怖いのです。

……間島君の反応が怖い。

はっきりとフラれるのが怖い。

でも優しい言葉をかけられるのは――もっと怖いのです。

「……ス……っすん……」

静かにすすり泣き始めましたが、ユウカちゃんは気を使ってくれたのか、何も言いませんでした。

──きっとバチが当たったのです。

恋愛ビギナーの私が思い上がってイマモテの教えを無視したせいで、mori大明神の怒りに触れてしまったのです。

それに気付いたところで、今さらあとの祭り。

さすがのイマモテにも、嫌われた相手に対するアプローチ方法はどこにも書いてありませんでした。

mori先生の叡智をもってしても、こんな状況お手上げということでしょう。

「う、うう……３か月前に戻りたいです……」

まだ間島君と普通に話すことができたあの頃に戻って、全部やり直したい。そうしたら、少なくとも今よりひどいことにはならないはずです……

そんな現実逃避じみたことを考えるぐらいには精神が参っていました。

──そんな時です。

「お邪魔しま～す」

ふいに空き教室の引き戸が開かれました。

この声は……

私はブラウスの袖で涙を拭ってから、顔を上げます。

「……平林さん？」

「あ、やっぱりここにいた。高嶺(たかね)さんお久しぶりぃ、探したよ」

保健室で出会った私のイマモテ仲間――2年A組の平林(ひらばやし)キーコさんが、心なしか以前よりも上機嫌な様子で教室へ入ってきました。

「ああ、お久しぶりです、どうかしましたか……?」

「ちょっと高嶺さんに用があったんだけど、今大丈夫?」

「あ――……キーコちゃん、だよね? 同じクラスの……でも今はちょっと……」

ユウカちゃんがそう言って、私の方をちらりと見ます。

なんだかんだ言ってユウカちゃんは私に優しいので好きです。

「……いえ、別にいいですよ、平林さんは私のイマモテ仲間ですもん」

「イマモテ……ふふ、そうイマモテね、私たちイマモテ仲間だもんね……今日はそんなイマモテ仲間の高嶺さんにプレゼントがあるの……!」

ユウカちゃんが「イマモテ仲間……?」と首を傾(かし)げていましたが、平林さんは気にせず、手に提げたトートバッグから二冊の本を取り出しました。

「じゃーん! はいこれ、なにかの縁だし、せっかくだから瀬波(せなみ)さんにも」

平林さんは、その本を私とユウカちゃんに一冊ずつ差し出してきます。

……なんでしょう?

私は受け取った本の表紙を見て、

「えっ⁉」

驚愕しました。

「い、イマモテ⁉」

しかもただのイマモテではありません。

これは……mori先生の最新作‼

『今からモテる！　超・恋愛心理学講座　２』　！？！？

「ど、どうして……」

mori先生のＳＮＳを常にチェックしている私です。

イマモテ続編の存在はもちろん知っていましたが……しかしこれはまだ発売されていないはず‼

「なんでこれを平林さんが⁉」

私が震える声で尋ねると、平林さんはあっけらかんと、

「――見本誌が刷り上がったから今知り合いに配って回ってるの！　いわゆる献本ってやつね！　二人は熱心に私の本を読み込んでくれてて嬉しかったから特別に読者サービス！」

「えっ？」

「はっ？」

「あれっ？」

　３人の間に妙な空気が流れます。

　というか平林(ひらばやし)さんのその口ぶり、まさか……、

「あ、あれー？　言ってなかったっけ？　私が恋愛クリエイターのmoriなんだけど……ほら、私の名前キーコでしょ、キを隠すならmori……なーんて」

……、

………、

………え？

「「えええええええええええええええっっ!?!?」」

　絶叫。

　私もユウカちゃんも、衝撃の事実の前に絶叫するほかありませんでした。

「平林さんがmori先生!?」

「ってことはあんたがこの本書いたの!?」

「そ、そうだけど……？」

　そうだけど……って！

　恋愛クリエイターは!?

　博覧強記(はくらんきょうき)！　古今東西あらゆる学問に精通した、最強無敵のモテ男は!?

　mori大明神は!?

「……あっ⁉　もしかして平林さんの正体は培ったテクでモテまくる最強プレイガールだったりして⁉」

「名選手、名監督にあらず、もちろん逆も然り　by　mori――残念ながら男の子と手を繋いだこともないわ。ネット上で色んな人の恋愛相談に乗ったりはしてるけど……開業届見る？」

「っ……⁉」

今この瞬間、私の信じていたものがガラガラと音を立てて崩れ落ち、私もまた床へ崩れ落ちました。

開いた口が塞がらないとはまさにこのことです……

「そんな……まさかmori先生が……恋愛心理学が……あれ……？」

「ああああっ！　サキサキが壊れる！」

ユウカちゃんが慌てて私の肩を揺さぶってきますが、もう立ち直れないかもしれません……

「どうかした？」

「アンタのせいだよ！　……あっ、いやちょっと待った⁉　サキサキ！　コラ！　早く戻ってこい！」

「……ふぇ？」

「――逆に考えな！　今、目の前に憧れのmori先生がいるんだよ⁉　だったら直接恋愛相談に乗ってもらえばいいじゃん！　もしかしたらすんごいマル秘テクニックとか持ってるかもしんないでしょ⁉」

「——あっ⁉」

一瞬で現実に帰還しました。

そうだ……ユウカちゃんの言う通りです！

たとえmori先生の正体が平林さんだったとしても、今私の前に立っている人物が私の憧れた恋愛クリエイター・moriであることに変わりはありません！

「——お願いしますmori大明神‼　どうか卑賤な私めの恋愛相談に乗っていただき、恋愛の作法をご教示いただけませんでしょうかっっっ‼」

「うおおおサキサキの土下座はっや……」

「別にいいよ」

「そしてこっち軽ゥ……」

「ただ、正確にアドバイスをしたいから間島君との出会いから全部教えてね」

「間島君との、出会い……」

私と間島君が初めて出会った時のこと。

そうなると、必然的に私は目を背けたかった過去の私について語らなくてはいけません。

「……っ」

あの頃のことは思い出しただけで胸が押しつぶされそうな気持ちになります。

できることなら思い出したくはありませんでした。

しかし……、

「……話します、お願いします」

このまま間島君との関係が終わるよりは、ずっとマシです。

私はゆっくりと語りだしました。

あの頃の、東中（トーチュー）にいた頃の、私のことを。

■〝高嶺（たかね）サキの章〟■

高嶺サキ15歳、中学3年生。

特別裕福な家庭に生まれ育ったわけでもない私が、ここ――上村（かみむら）市立上村東中学校に通い始めた理由は、単純に家が近かったからに他ありません。

しかしながら、ここは少し……ほんの少しばかり治安が悪く。

「――クッソ、あのハゲ！　買い食いぐらいで偉そうに説教垂れやがってボケが！」

「ヒッ!?」

ある日廊下を歩いていると、背後からすさまじい怒声と何かを蹴り飛ばす音が鳴り響いて、
私はすかさず近くの物陰に隠れました。

ろでした。

「……」

物陰から覗き見ると、制服を着崩した2人組の男子生徒がちょうど職員室から出てくるところでした。

背の高い方は荒川リク君、背の低い方は岩沢タツキ君。

上村東中でも悪い意味で有名な二人で……しかも今日はかなり苛立っているようです。さっきの音は岩沢君が職員室のドアを蹴り飛ばした音でしょう。

「おーい、やめとけってタツキ、俺もう親に連絡されんのだりーよ」

「くそっ、あのハゲが去年の夏実習生に手ぇ出したのPTAにチクってやろうかな……」

「……えっ!? それマジ!? あのメガネの!? おっぱいデカい女子大生!?」

「マジでぇ～す、ボクの情報網舐めんなよ。……あ！ ムカつくから今言っちゃお！ 職員室のみなさ――ん!! B組担任の布部は実習生と不倫をしておりま――っす！」

「うわっバカ！」

「アハハハハ……！」

職員室から真っ赤になった布部先生が出てくるより早く、2人は大笑いしながら廊下を駆け抜けていきます。

そんな様子を、私はただ廊下の曲がり角の陰で息を潜めて眺めておりました。

……とまぁ、こんな程度の治安であります。

他にも窓ガラスが割れる、上階から椅子が落ちてくる、授業中でも平気で生徒が廊下を歩き回っている、などなど……

それが我らの上村市立東中学校――通称『東中』の日常でした。

はじめに断っておきますが、ほんの少しそういう人の割合が多かっただけで、東中生の全員がそうだったわけではありません。

おそらくは大方の予想通り、私もまたそうではない生徒の一人でした。

そしてそうではない生徒たちには、ある大事な使命があります。

――３年間をどのようにして生き延びるか、知恵を振り絞ることです。

５月、放課後のことでした。

「サキぃ、遅いんだけど――っ」

突然クラスメイトの女子たちから呼び出しを受け、校舎裏まで走ってきた私は、乱れた息を整えながら、

「ご、ごめんなさい……先生に話しかけられちゃって」

にへらっと笑いました。

満面の笑顔でも、自然な微笑みでも、かといって友愛を示すスマイルでもなく。

ただ顔の筋肉をこわばらせただけのような、卑屈で、情けない笑顔でした。

「先生なんて無視しろ無視〜、アタシたちの友情の方が大事だろ〜？　あとアタシが電話したらワンコールで出てっていっつも言ってんじゃーん」

「ちょ、アイちゃんパワハラなんだけどｗ」

「ほらサキもう一回謝っておいた方いいよ！　アイちゃんマジですぐキレっから！」

彼女らが私をイジって盛り上がっています。

それを見て、私はまたにへらっと、

「えへへ……アイちゃん、ごめんなさい」

数多くある生き残りの方策のうち、私が選んだのはこの「笑顔」でした。

卑屈(ひくつ)で情けないこの笑顔は――いわば全面降伏の白旗。

自らは何も主張せず、目立たず、ただこの笑顔で敵対の意思がないことだけを表明し、毒にも薬にもならない女子中学生としてその場をやり過ごす。これが私の生き残りの術でした。

彼女らもさすがに鬼ではありません、こうして白旗を掲げていれば……、

……そりゃあほんの少しイジられたりはしますが……、

しかし、それほどひどいことにはなりません。

仲間にだって入れてくれます。

今日だって、アイちゃんが「面白いことやるから校舎裏に来て、ダッシュで」と誘ってくれたわけですし……ところで面白いことってなんでしょう？

「――お、サキちゃん来た？」

奥の方からいやになれなれしい男の人の声が聞こえて、私は思わずびくんと肩を跳ねさせてしまいました。

さっきまで気づきませんでしたが彼は確か……、

「……Ａ組の、宮ノ下、君……？」

私に男子の知り合いはほとんど……いえ、全くいませんでしたが、彼は知っています。

３年Ａ組、宮ノ下ハルト。

何故なら彼は定期考査上位陣で、サッカー部のエースで、おまけに顔立ちが整っているということも手伝い、今までにもよく女子間の会話にのぼっていたからです。

「あ？　サキちゃんオレのこと知ってんだ、うれしー、記念に一枚」

宮ノ下君はいきなり私の顔にスマホのカメラを向けて、ぱしゃりとシャッターを切りました。

「あ、えっ……写真……？」

「いいでしょこのスマホ、超高性能デュアルカメラ搭載の最新式、ワイヤレス充電対応で……おまけに上品なシャンパンゴールド・カラー！」

そうではなくて、写真を消してほしいのですが……。

しかし私はそんなことを言うキャラではありません、例の「笑顔」を作って誤魔化すだけでした。

「ねーハルトー、いつものスマホ自慢はいいからさー、言われた通り持ってきたんだよ？」

私が宮ノ下(みやのした)君に構われている状況が気に入らなかったのかもしれません。

アイちゃんが甘い声で言いました。

「あー悪い悪い、じゃあさっさと始めよ、見回りの先生来たら面倒だし」

そういえばどこかで、アイちゃんは宮ノ下君のことが好きだと聞いた気がします。

「マジ気をつけてよー、お兄ちゃんのこっそり盗ってきたんだから、えーと……」

そう言って、アイちゃんがエナメルバッグの中をごそごそと探り出します。

……本当は私も、少し前の段階から薄々と気付いていました。

人気(ひとけ)のない校舎裏で、先生に見つかったらいけなくて、そしてアイちゃんが「面白い」と思うことをやるのです。

気付いていたのに、逃げる勇気がなかったのです。

「一人一本ね、それ以上はバレるから」

アイちゃんが取り出したのは、ちょうど手のひらぐらいの大きさがある、小さな、紙製の箱でした。

いくら私でも、それがお菓子の箱でないことだけは分かります。

「サキ、これ持ってて、ライター探すから」

「え、でも、これって、あの……」

「――早く」

アイちゃんの、有無を言わせぬ物言いに、情けなくて、卑屈(ひくつ)で、勇気のない私は、

「……はい」

これを受け取ってしまいます。

アイちゃんから手渡されたそれはただの紙箱なのに、なんだか触っただけで犯罪者にでもなったような気分でした。

全身がぞわぞわと総毛立ち、今すぐにでもソレを手放して、いつもの日常へ逃げ帰りたい衝動に駆られますが……

しかし、身体(からだ)が動いてくれません。

「あー、あったあった、……うん、火もつく。じゃあサキ、皆に一本ずつ配って」

「………………」

これがいけないことであるというのは、もちろん分かっています。

でも……怖いのです。怖くてたまりません。

もしアイちゃんに逆らったりしようものなら、すぐにでも私の居場所は……。

「何やってんの？　早く」

ライターを持ったアイちゃんが急かしてきます。

私は、いつもの卑屈な笑顔を作って……、

「……や、やめませんか……？」

——初めて、アイちゃんに反抗しました。

「……はぁ？」

アイちゃんが低い声で凄みます。

あまりの恐怖に膝が震え、ただでさえ強張った笑顔がさらに引きつりましたが……

しかし、続けました。

「あの……はは、私、喘息気味ですし、それに、あの、そうじゃなくてもこういうのって、健康に悪いって聞きますし……美容にも、悪いし……百害あって一利なし、なんて……それに、もし、こんなところ万が一先生に見つかったら……」

「あれ？　おーいアイちゃん？　なんか聞いてた話と違うんだけど？」

「み、宮ノ下君だって、せっかく、成績良いのに……こんなことで内申に傷がついたりしたら……も、勿体ないですよね……？」

「……サキ、さっさと配って」

「や、やめましょう……？　ね……？　私……」

「——サキっ！」

アイちゃんの怒声が私の頭を真っ白に染め上げて、私の全身が恐怖に支配されました。
──その時です。
「えっ」
視界の外から、
なにか大きな棒状のものが飛んできて、
私とアイちゃんの間を、激しく回転しながら横切り、
そして、
がしゃあああああっん、と、
激しい音を響かせて、校舎の窓ガラスを粉々に打ち砕きました。
「なっ……！」
突然の出来事に皆が言葉を失い、固まってしまいました。
そのテ、ニ、ス、ラ、ケ、ッ、ト、を私たちの下へ投擲（とうてき）した、体操着姿の彼女を覗（のぞ）いては。
「あらー、すっぽ抜けちゃったァ」
彼女がすっとぼけた声で言うと、アイちゃんが始めに我に返りました。
「テメっ……！　いきなり何すんだあぶね──」
「──せんせぇぇ──っ！　すみませぇぇぇぇ──っん!!　壁打ちしてたらラケットすっぽ抜けて窓ガラス一枚粉々にしちゃいましたぁぁ──っっっっ！」

「わっテメっ……バカコラ!?」

彼女の小柄な身体からは想像もつかないサイレンのような大声量に、さすがのアイちゃんも驚いていました。

アイちゃんは悔しそうに顔を歪めましたが、やがて私の手の内から紙箱をひったくって、

「チッ……！　行くよ皆！」

宮ノ下君を含む女子グループを引き連れて、一目散に逃げ出したのです。

こうして、その場には粉々に割れた窓ガラスと私……、
そして名前も知らない、小柄な彼女だけが取り残されます。

「……あんた逃げないの？」

「……………腰が抜けて」

「ウケる」

彼女は、たった今窓ガラスを粉砕したばかりとは思えないほど無邪気に笑いました。

「あー、あんた高嶺サキ……だよね？　いっつもあのガキ大将の横でヘラヘラ笑ってる」

「が、ガキ大将……？」

アイちゃんのことをそんな風に言う人は、初めて見ました。

私だったら彼女の見ていないところでだって、怖くて口にすることはできないでしょう。

「ヘラヘラしてばっかいないでさー、たまには自分の意見も言わないとダメだよ、私だってそ

う何枚も窓ガラスぶち割るわけにはいかないからさァ」

「……助けてくれたんですか？」

「べっつにィ、コートの外までぶっ飛ばしたボール探しに来たら、たまたまラケットがすっぽ抜けちゃっただけだしィ」

「たまたま、すっぽ抜けて……ふふ」

「お」

彼女がずいと顔を寄せて、こちらを覗き込んできます。

「な、なんですか……？」

「……なぁんだ、普通に笑ったらけっこーカワイイじゃん」

「へ……？」

「ちょうど共犯者が欲しかったんだよね」

彼女は粉々になった窓ガラスを指し、悪戯好きな子どものように、にかっとはにかみます。

「──あたしソフトテニス部の瀬波ユウカ、一緒にセンセーに謝ろーね、にひ」

こうして、顔を真っ赤にした先生が駆けつけるまでの短い間に、私とユウカちゃんは友だちになりました。

ユウカちゃんと親しくなってからというもの──どういうわけか、アイちゃんのグループが私に絡んでくることはなくなりました。

あのあとすぐアイちゃんが兄の所有物を盗んだことがバレ、家族からこっぴどく叱られてしまったのが原因とも、ユウカちゃんがわざと窓ガラスを粉砕した件で、東中(トーチュー)のやんちゃな皆さんに一目置かれてしまったからとも。

色んな理由が考えられましたが、とにかくこの時の私が中学3年間で最も平和な時間を過ごせていたのは言うまでもありません。

……あの日までは。


「…………」

上村(かみむら)は梅雨まっさかり、長雨が続き、半袖のブラウスがぴたぴたと肌に張りつく……、そんなじめじめした日の、放課後のことだったと記憶しています。

私は下駄箱の前で固まっていました。

「──お、サキサキまだ帰ってなかったの?」

「っ!?」

私は慌てて背中にソレを隠します。

声をかけてきたのはユウカちゃんでした。

「?　どったの」

「え？　ああ、ゆ、ユウカちゃんこそどうしたんですか!?　部活は!?」

「部活ゥ～？　はっ、サキサキは面白いこと言うねェ、今何月だと思ってんの？」

「えー――っと……7月です」

「中学校生活最後の7月、ね。ウチみたいな弱小テニス部、とっくの昔に地区予選落ちで3年生は全員引退ですワ」

「そ、そうだったんですね」

「どこの部活もそうだよ、東中で可能性のある部活なんて空手部ぐらいだしねェ、来月は全国大会だとか……ってほら、噂をすれば来たよサキサキ」

「わっ」

ユウカちゃんが私に肩を寄せ、廊下の向こうからやってくる一人の男子生徒を指しました。

……なんだか怖い人でした。

機嫌が悪いのでしょうか？　眉間にシワを寄せて、前方を睨みつけるように目の前を通り過ぎていきました。

あれは……？

「……どちらさまですか？」

「はぁっ!?　知らないのサキサキ!?　空手部主将の間島ケンゴ！」

「……？」

私の反応を見て、ユウカちゃんははぁと溜息(ためいき)を吐(つ)きました。

「間島(まじま)ケンゴ、ウチの名物みたいな男じゃん、一言で言えば変なヤツなんだけど……冗談みたいに空手が強くって、ウチの弱小空手部を初めて全国まで引っ張っていったっていう……」

「へぇー、そんなすごい人なんですね、あの人」

「……サキサキはあれだ、もうちょっと他人に興味を持つようにして……あと私以外にも友だち作った方がいいよ、マジで、高校行ったらどうすんの？」

「ユウカちゃんと同じ上高(カミコー)に行くから大丈夫です、えへへ」

「えへへじゃないよ」

えへへ、です。

ユウカちゃんが一緒なら、楽しい高校生活は約束されたようなものなので。

「ま、いいや、さっさと帰ろ？　夕方からもっと雨強くなるらしいし……」

「あ――……いえ、すみません、実は私先生に頼まれてる用事を思い出しまして、今から職員室に行きます」

「え、そうなん？　大丈夫？　私も手伝おうか？」

「い、いえいえいえ！　大丈夫です！　ユウカちゃんは先に帰っててください！」

「そう？　じゃあ頑張ってねー」

「はい！　さようなら！」

私はユウカちゃんに別れを告げると、その足で職員室へ……は向かいませんでした。

……ごめんなさいユウカちゃん、初めて嘘(うそ)を吐いちゃいました。

私が向かった先は3階、A組教室です。

さすがにこの時間帯になると教室には誰も残っていませんでした。

……彼以外は。

「――お、サキちゃん来た来た、はい記念に」

がらんとした教室。

その中で一人、机に腰かけていた彼は、私を見つけるなりスマホのカメラでパシャリとやりました。

「……宮ノ下(みやのした)、君」

「覚えてくれたんだ、うれし～」

宮ノ下ハルト君。

アイちゃんとの一件があってから、ついぞ一度も言葉を交わす機会はありませんでしたが、彼はまるで旧知の友人であるかのように言ってきます。

……はっきり言って、彼の印象はあまりよくありません。

本当なら顔を見るのだって嫌です。

でも……私はにへらっと卑屈(ひくつ)な笑み浮かべて尋ねました。

「……げ、下駄箱に手紙が入ってて……その、大事な話ってなんですか……？」

——放課後、3年A組教室で大事な話があるから一人で来て　宮ノ下(みやのした)ハルト
ルーズリーフを折りたたんだだけのシンプルな手紙には、そう記されてありました。

「ああうん、大事な話大事な話」

宮ノ下君が机からぴょんと飛び降りて、こちらへ歩み寄ってきます。

私は引きつった笑みを浮かべながら身構えました。

いざとなったら、大声を出せる準備もして——。

「——この前はごめん、おれ、あのことについて直接サキちゃんに謝りたくって」

……えっ？

私は予想と全く違った展開に、固まってしまいました。

宮ノ下君が、私に頭を下げているのです。

「この前のことに関しては、本当に反省してる。サキちゃんにはすごく怖い思いをさせちゃったと思う」

「え、そ、そんな……」

「実はオレ、本当はあんなことしたこと今までに一度もなくって……どうしても高嶺(たかね)さんとお近づきになりたかったから、あんな馬鹿なことしちゃったんだ」

「……!?」

怒涛（どとう）の展開に、私はもう声も出せませんでした。

ちょっ……ちょっと待ってください！

謝罪まではいいですけど――お近づきに？

も、もしかして……これって、

「――高嶺サキさん、前から好きでした、付き合ってください」

「っ……!?」

こ……

告白っ……!?

まるで脳天に雷が落ちたような衝撃が全身へ走りました。

告白、告白、告白――！

私には一生無縁だろうと思っていた、そんなイベントが、どういう流れか今ここで起こってしまいました――！

「え、えぇー……？　で、でも、待ってください、私、そんな、急に……」

「サキちゃん、オレは本気だよ？」

「っ……！」

宮ノ下君のまっすぐな眼差しにあてられて、私はたじろいでしまいました。

どっ……どうしましょう……!?

どうも宮ノ下君は、以前のことを本気で反省しているらしくて。

そのうえで私に交際を申し込んでくれています……！

「わ、私……」

……彼の気持ちは、もちろん嬉しいです。

ここまで誠意をもって告白してくれているのだから、彼の気持ちに応えた方がいいのではないかと揺れ動く自分も、確かにいます。

でも……、
私は顔に張り付いたヘラヘラ笑いをやめると、まっすぐと彼の目を見て――、

「……ごめんなさい」

自分の言葉を、伝えました。

「……え？」

「私、まだそういう、人を好きになるってことがどういうことか分からないんです、せっかく告白してくれたのに申し訳ないですが……今は無理です、ごめんなさい」

宮ノ下君も誠意をもってまっすぐに気持ちを伝えてくれました。

だったら私も、嘘偽りのない本当の言葉で応えなくては失礼にあたります。

「……そっか、はぁ」

宮ノ下君が顔を伏せました。

……私に失恋の経験はありませんが、失恋というのは辛いものだと聞きます。

何か言葉をかけるべきか迷いましたが、頭に浮かんだどれも違う気がして、私はせめて真剣な表情で彼を見つめていました。

「はぁ──、そっかそっか、うん……」

宮ノ下君はなにか納得するように何度も繰り返し頷き、そして、ぼそりと、

「……オレが下手に出るから勘違いしちゃったんだな、陰キャのくせに高嶺の花気取りかよ」

「……え？」

今、なんて……？

私がそれを確認するよりも早く、宮ノ下君は自らのスマホを手元で操作して、何を思ったのか、その画面をこちらに差し出してきました。

画面を覗き込んだ私は、ぎょっと目を剥きます。

──何故ならそこに映し出されていたのは、例の「紙箱」を持って皆に訴えかける、あの時の私の写真だったからです。

「こ、これ……!?」

「──撮ってたんだ、あの時。デュアルカメラなだけあって画質いいっしょ？」

そして私は、この時ようやく気付きました。

宮ノ下君が顔を伏せたのは、ショックを受けたからではありません。

顔を伏せていたのは、自らの怒りの表情を隠すため――、

「はーあ、ちょっと顔可愛いし、そっちの方が都合いいと思って最初は優しくしてたけど……まさか断られるとは思ってなかったなー、オレ女にフラれたこと今まで1回もなかったのに、チクショー」

「そ、その写真……どうするつもりですか……？」

「ん～？　いい写真だからみんなに見せびらかしたりとかしようかな、なーんて」

「わ、私、でも……」

「何もしてませんよ、って？　どうだろうね？　この写真見て、皆が信じてくれるかなあ？」

「そんな……!?」

「きっと上高（カミコー）、行けなくなっちゃうね。ご両親も悲しむよ」

彼の一言で、私は体中の血管が凍り付くような心地でした。

頭の中が恐怖で真っ黒に塗りつぶされて、今にも泣きだしそうになります。

「まあこれから色々とオレの言うこと聞いてくれてるうちはなにもしないからさ、ね？　分かるっしょ？」

宮ノ下（みやのした）君が、震える私の肩をぽんと叩（たた）きます。

骨ばって、血管の浮き出た、男の人の手。

それは私にとって恐怖でしかなく、いよいよ目から大粒の涙がこぼれました。

宮ノ下君が、そんな私を見て心底嬉しそうに笑います。

「なになになに？　泣かなくたっていいのに。ま、いいや、とりあえず記念撮影しよっか、ツーショット撮ろうよツーショット」

彼が嗜虐的な声音で囁き、私はいよいよ、頭が真っ白になってしまいました。

何か、何か言いたいのに、口から漏れるのは嗚咽ばかり。

ぐじゃぐじゃになった思考の中、かろうじて私の中で形になったのは、一つの思い。

――誰か、
助けて――。

「心配しなくてもちゃんと盛れるアプリで撮ってあげるから！　はいサキちゃん盛れる角度意識してー、撮るよ――」

宮ノ下君がそこまで言って……突然、静かになりました。

ぱしゃりというといつもの音は、いつまで経っても聞こえません。

「……？」

私は涙でぐしゃぐしゃになった顔をあげ、宮ノ下君を見ます。

彼の手にスマホはなく、そしてその表情は驚愕に染まっていました。

「……練習前にコンタクトが外れてしまって」

その声は宮ノ下君が発したものでも、当然私が発したものでもありません。

「仕方なく替えのコンタクトを取りに教室へ戻ったのだが、それすら見つからない」

私が声のした方向へ振り向くと――私たちのすぐ後ろに、一人の男子生徒が立っていました。

眉間にぎゅっと深いシワを刻み込んだ彼は、どういうわけか宮ノ下君からかすめとったらしいスマホを、熱心に覗き込んでいるのです。

「……ところで高嶺サキ、このスマホには何が映っている？」

――間島ケンゴ君が、立っていました。

「え？　それ、オレの最新型スマホ……」

突然スマホを盗られて固まっていた宮ノ下君が、状況を呑み込み始めます。

どうして彼がここにいるんだろうとか、どうして彼は私の名前を知っているんだろうとか。

そんなどうでもいい疑問は、すぐにどこかへ吹き飛んで……、
私は――叫びました。

「――助けてください!!」

「分かった」

彼は理由も聞かず、ただの一言それだけ言って教室の窓を開けると……、

――まるでフリスビーでも遊ぶような気軽さで、宮ノ下君の最新型スマホを三階の窓から放り投げたのです。

「あああぁぁぁっぁぁあ―――――っっっ！？！？」

宮ノ下(みやのした)君の最新型スマホが一階ベランダにある花壇のふちに叩(たた)きつけられて粉々に砕け散る音は、雨音にかき消され、ここまでは届きませんでしたが……。

持ち主のすさまじい絶叫は、土砂降りの雨が校舎を叩く音すら切り裂いて、校舎中に響き渡りました。

私はただ、呆然(ぼうぜん)と立ち尽くすほかありません。

「おまっ……おまおまおまっ……!? 何してくれてんだコラあああああっ!?」

「故意にやった、申し訳ないという気持ちはある、すまない」

「すっすまないじゃねえだろボケエエぇぇっ!! あのスマホ防水機能ついてねえんだぞおおおおおぉぉ!?」

「おれのスマホと交換でどうだ」

「いるわけねえだろってかガラケーじゃねえかクソがあああああああああっっ!!」

怒り狂った宮ノ下君が間島(まじま)君のガラケーをすぱあんっと床に叩きつけましたが、間島君ときたらどこ吹く風。

それから宮ノ下君が口角泡を飛ばし、半狂乱になりながら思いつく限りの罵声(ばせい)を浴びせ、時には暴力的な脅しも仕掛けましたが――、
間島君は眉(まゆ)ひとつ動かさず、毅然(きぜん)とした態度でそこに立ち続けました。

そんな彼のありようは、ユウカちゃんの言う通り、確かにとっても変わっていて、

　そしてどうしてか私の心を掴(つか)んで、離さないのです。

「──ウォイ！　どこのどいつだ！　窓からスマホ投げたバカは!?」

　そうこうしているうちに騒ぎを聞きつけたのでしょう。

　Ｂ組担任の布部(ぬのべ)先生が、綺麗に丸めた頭にいくつもの青筋を走らせながら教室に飛び込んできました。

　おそらくいつものようにお説教の最中だったのでしょう、荒川(あらかわ)君と岩沢(いわさわ)君の姿もありました。

「なーハゲー、俺らもう帰っていいー？」

「思春期に叱られすぎると将来ハゲるって知らないのー？」

「ハゲるかボケどもっ！　そこで待ってろ！　お前らの説教は後だ！」

「えー──っ」

「不倫ハゲ……」

「説教追加!!　絶対そこ動くなよお前ら！」

　布部先生はまさしく怒髪天(どはつてん)を衝くといった様子（他意はありません）で、ずんずんとこちらへ詰め寄ってきます。

　さすがの宮ノ下君ですら動揺を隠しきれない様子でしたが……、

　……驚いたことに、この段になっても間島君は堂々としています！

「何があったか簡潔に教えろ！」

「おれが宮ノ下ハルトの所有物であるスマートフォンを故意に窓から投げ捨てた」

「ええっ……」

ど、堂々と簡潔に自首してます!?

あまりにも正直すぎる対応に、私も宮ノ下君でさえも固まってしまいましたが――すぐに好都合だと思ったのでしょう。

宮ノ下君はにやりと口元を歪めて、ここぞとばかりに間島君に同調しました。

「そっ……そうなんですよ！　コイツ！　突然おれのスマホを奪って窓から投げ捨てたんです！　しかも最初から壊すつもりで！」

「なにっ!?　本当か間島！」

「……そうだった、すまない、先ほどの証言は訂正させてくれ、おれは宮ノ下ハルトの所有物であるスマホを強奪し、そのうえで確実に破壊する目的で故意に窓から投げ捨てた」

「ええっ……」

しょ、正直すぎて布部先生が困惑してるんですけど!?

おそらく色々と犯人を追い詰める台詞なりなんなりがあったでしょうに、間島君が全部自首するから逆にどうしていいか分からない顔をしているんですけど!?

「そうか……ええと、どうしよう……とりあえず親に連絡しようかな？」

「せ、先生っ！　しっかりしてください！　コイツまだ隠してることがあるんですよ！」

「ほ、ほう！　なんだ？」

「コイツ、オレとサキちゃんが教室でただ話していただけなのに、おれのことが気に入らないって因縁つけてきて――」

「待て、それは虚偽だ」

「えっ」

「宮ノ下ハルトのただ話していただけ、という主張は適切でない。彼は作為的に切り取った写真を使い、彼女を脅迫(きょうはく)していた。僭越(せんえつ)ながらこれは脅迫罪もしくは恐喝(きょうかつ)罪に該当する可能性が高い」

「……ほう？」

布部先生が今度は宮ノ下君をぎろりと睨(にら)みつけました。

宮ノ下君は一転してあたふたして、

「でっ、デタラメです!!　出まかせを言っているだけですよ！　ソイツがオレのスマホを壊したことにはなんの理由もなくて――」

「虚偽だ、犯罪行為を目撃したため、これを阻止するべく咄嗟(とっさ)にあのような手段をとってしまったおれの落ち度は認めるが、理由は先ほど述べた通りだ」

「……ほう」

布部先生がいつもの調子を取り戻して、額にぷちぷちと青筋を浮かべ始めます。

悪を罰せんとするその眼力は、やっぱり宮ノ下君のことを捉えていました。

「どっ、どうしてそいつの言うことばっかり信じるんですかっ!?」

「先生、間島が嘘を吐くようには見えんなー……」

「主観じゃないですか!?　えっ、冤罪ですよ冤罪っ！」

自分が劣勢と見るや否や宮ノ下君はたちまち大慌てです。

「第一、ソイツの言ってることに証拠なんてないじゃないですか!?　だってソイツがオレのスマホ壊しちゃったんだもん！」

「まあそれは確かに……」

「一理あるな」

なんで間島君も同調してるんですか——などと言っている場合ではなく、布部先生が矛を収めてしまいました。

実際、宮ノ下君の言うことは正しく、布部先生も判断に迷った様子で……、

「……どうだ高嶺、間島の言ってることは本当なのか？」

「あ……」

布部先生が、私に問いかけてきました。

どきりと心臓が跳ね上がります。

「どうなんだ？」

「そっ、その……」

――間島君の言うことは、本当です。

――私は宮ノ下君に脅されていました。

――間島君は私を助けてくれたんです。

ただ、そう答えるだけなのに、

「……間島……君は……」

どうしても、どうしても喉が引きつって、なかなか言葉になりません。

頭では分かっていても、恐怖で身体が言うことを聞いてくれないのです。

そのうえ宮ノ下君が、すぐそこで私を鬼の形相で私を睨みつけてきていて――

「おい高嶺、落ち着いて、ゆっくり言え」

「……私を、その……っ」

……情けない。

不甲斐ない。

そんな気持ちがどんどん私の胸を締め付けていきます。

間島君は私を助けてくれたのに、どうして私はすぐに間島君を助けられないのでしょう。

間島君はあんなにも堂々とものを言うのに、どうして私は本当のこと一つ言えないのでしょう。

間島君にはあんなにも勇気があるのに、どうして私にはないのでしょう。

私が間島君だったら、こんな、こんなことには――。

「間島君は……私を助け――！」

「――やっぱりデタラメなんだよ！」

意を決して発した言葉は、宮ノ下君の張り上げた声にかき消されてしまいました。

「おい宮ノ下、先生は今高嶺に話を聞いて……」

「無駄だって！　だってそいつらが言ってること、最初から最後まで嘘っぱちだもん！」

「虚偽だ」

「いいや違うね！　嘘吐きはお前らだよ！　だいたいさぁ！　こんなに必死になるなんて怪しいじゃん！」

「おい、宮ノ下いい加減にしないか！」

布部先生が宮ノ下君を戒めますが、しかし頭に血が上った宮ノ下君は止まりません。

彼の怒りの矛先は、私に向きました。

「コイツも案外、本当にやましいことがあって、それを隠そうとしてんじゃねえの!?　なあそうだろ!?」

「そ、そんなこと……っ！」

あまりの理不尽と恐怖に、またも喉が引きつって、言葉が出てきません。

そのくせ涙ばかりぽろぽろとこぼれてきます。

「ほら！　泣いて誤魔化そうとしますよ！　女ってずるいよな！」

「宮ノ下！」

どうして、どうしてこんなことになってしまったんでしょう。

私がアイちゃんと仲良くしたから？

私が自分の意見を言わなかったから？

私に勇気がなかったから？

いずれにせよ、私のせいであることは間違いありません。

いよいよ感情が抑えきれず、涙がとめどなく溢れ出して――。

「だいたいいっつもへらへら笑いやがって！　気持ち悪ぃーんだよ！　この――」

宮ノ下君が私へ罵声を飛ばそうとした次の瞬間。

私と布部先生、ついでに教室の隅から様子を窺っていた荒川君と岩沢君は、揃って目を剥くことになりました。

何故なら、間島君が宮ノ下君の顔を、思いっきり――、

――殴ったからです。

殴られた宮ノ下君は声もあげず、きりもみ状に飛んでいって、机の2つ3つを巻き込み、教室が割れるのではないかというほど派手な音を立てて、倒れました。

「……」「……」

「……」「……」

誰一人として、声を発することができませんでした。

まるで時間が止まったように、呼吸をすることも忘れ、床に倒れ伏した宮ノ下君を見つめています。

その視線は、ゆっくりと、時間をかけて間島君の下へと集められ、

注目の中で、彼は

「――故意にやった、傷害罪に該当する可能性が高い」

やっぱり、堂々と言うのです。

荒川君と岩沢君が声を揃えて「かっけぇ……」と呟いていました。

「……では、3年間ありがとうございました」

職員室の中から間島君の声が聞こえてきました。

……どうやら話し合いが終わったようです。

私は臆病な自分の気持ちを抑えつけるように、スカートの裾を握りしめて……。

がらっと、職員室の引き戸が開きました。

「……間島君」

「？　ああ高嶺サキか」

間島君は、職員室の前に立っていた私を見つけると……まるで何事もなかったかのように、声をかけてきます。

「どうした？　おれに何か用か？」

本当は恨み言の一つ二つ言われたって仕方ないでしょうに。

彼は驚くほど、ブレないのです。

「……停学になったと聞きました、部活も……その、辞めさせられたと」

「辞めさせられた、というのは適切ではないな」

「え……？」

「むしろ校長からは引き留められた。東中の空手部は上村市長からも注目されているから今回の件は内密に処理すると。しかしさっき自分から退部届を提出したよ」

「ど、どうして!?」

「どうして？　武道を志す人間が暴力に頼ったんだ。その時点で資格を失っている」

……ああ、どうして彼は、
こんなにもすごいことを、さも当たり前のように言えるのでしょう。

そのまっすぐな目に、言葉に、嘘偽りはありません。

彼を前にすると、自分がひどく矮小で、ちっぽけな人間に見えてきます。

「……本当に、ごめんなさい」

「何故謝る？　間島君は私を助けてくれて……」

「でも、間違えたのはおれだ」

「いいや、おれの判断は間違っていた。しかしあの時点で宮ノ下を黙らせる方法がアレしか思い浮かばなかったんだ。自分の未熟が情けない、みんなに悪いことをしてしまった。布部先生にも、クラスメイトにも、部活のみんなにも、姉さんにも、君にも……」

「悪いことなんて、そんな――！」

「宮ノ下ハ、ハルトにも」

「……えっ」

……どうして。

「アイツだってちゃんと話せばそれほど悪いヤツではなかったかもしれない、でもおれは暴力に頼ってしまった。おれが未熟なせいだ。もっとうまいやり方があったはずだ」

どうして……？

どうして、あなたは……

「あんな人のことを、庇うんですか」

「──生きていれば、誰だって嫌なヤツになる瞬間ぐらいあるだろう」

……その言葉は。

今までに聞いたどんな言葉よりも、優しくて。

そして……、

「おれも変わらなくてはいけない、二度とこんな間違いを犯したりしないように」

……なにより自罰的な言葉でした。

「どうしてそんなにも自分に厳しいんですか」

頭で考えるより先に、口が動いていました。

「あなたのしたことは……確かに世間的に見れば間違っていたことかもしれませんが、少なくとも私は救われたんです」

「私も変わります、今の臆病な自分から変わります、だから、いいじゃないですか、今ぐらいは──」

「――今のあなたに『ありがとうございます』と言わせてくださいっ!!」

……生まれて、初めて。

自分の気持ちを言葉にした気がしました。

「……」

間島(まじま)君はそんな私を見て一瞬だけ驚いたように目を見開きましたが……、

どこか悲しそうな声で、言いました。

「……もし万が一おれに感謝しているのなら、お願いだ、今のおれのことは忘れてくれ。次に会った時、おれが正しい人間になっていたらその時また……話でもしよう」

そう言い残して、

誰よりも人に優しくて、誰よりも自分に厳しい彼は、私の前から姿を消しました。

……きっと、私には他にもっと彼にかけられる言葉があったはずです。

いやそれよりも前に、間島君のように強くアイちゃんを戒めることができていたら、間島君のようにはっきりと宮ノ下(みやのした)君を糾弾できていたら、間島君にあんな顔をさせず済んだのです。

――変わらなくてはいけません。

……言葉が多いと、惑います。

私は臆病な人間なので、言葉が多いと、それで自分を守ったり、傷つけたり、卑怯になったり、卑屈になったり、濁したり、誤魔化したりしてしまいます。

言葉は重ねれば重ねるほど、本当の気持ちから遠ざかってしまいます。

間島君みたいに堂々と自分の気持ちを伝えられたら。

短い言葉で、本当に伝えたいことだけ、伝えられたら――。


それからの私は、心にもない笑顔を作るのも、心にもない言葉を吐くのもやめました。

本当に思ったことだけ口にしようと決めました。


「――ねぇ、高嶺さんがパパ活してるってマジ？」

「やってません」

だから、間島君の真似をして自分の気持ちをはっきりと伝えるようにしたのですが。

「いや大丈夫だって！　別に誰かにチクったりするわけじゃないし！」

「アタシらただ純粋にキョーミがあるだけなの！」

「恥ずかしかったらちょっとぼかしてもいいからさ！　ね？」

……どうにも私は、言葉の端々から臆病さがにじみ出ているようで。

間島君のようにはうまくやれなくて、

「やってません……」

結局すぐに弱い私が、顔を覗かせてしまうのですが……

「――指導ォォ――――ッッ!!」

……彼は、違いました。

間島君はあの頃よりも強く、正しく、そしてはるかに輝きを増していて。

そんな彼の輝きにあてられて、

「本人の言葉より優先されるものなどないのだから」

――私は恋に落ちてしまったのです。

■高嶺サキの章■

東中時代の間島君との出会い。

そしてこの前の告白に至るまでを、私は全て包み隠さず平林さんに話しました。

平林さんは最後まで黙って、時折頷きながら聞いていました。

「間島君は……すごいです。自分で言ったことを決して曲げません。彼は自分で言った通り、前に会った時よりもずっとすごい人になっていました」

上村は狭い町で。

間島君が「教師の目の前でクラスメイトを殴り倒して停学をくらった」あの事件は、あっという間に広まりました。

きっと辛いことも多かったと思います。心ない言葉も浴びせかけられたはずです。

しかしあんな事件があったにも拘わらず——なんと彼は、上村高校史上初めて２年生にして風紀委員長に抜擢されたのです。

間島君は、本当にすごい人です。

「……そんな人間に、本当は、なりたかったのに」

私の中の自己嫌悪がどんどん膨れ上がって、今にも押しつぶされそうになります。

「……結局私はイマモテに頼ってしまいました。恋愛心理学とか、そういう回りくどいことに頼らないと自分の気持ちすら満足に伝えられないんです。その証拠に私は……イマモテに書かれていないことだと何もできません」

地球上で誰よりも情けない私は、この期に及んで、誰かにすがるしかないのです。

「教えてください平林さん……いえ、moriさん！　私はこれからどうしたらいいと思いますか⁉」

「…………」

腕組みをした平林さんは、険しい顔で押し黙ります。

不安と期待の渦巻く、長い、長い沈黙がありました。

そしてこの沈黙ののち、

「…………はぁ」

平林さんは溜息を吐き出して、一言。

「……高嶺さんあなた、私の本ちゃんと読んだ？」

「……え」

全く予想していなかった台詞が飛んできて、私はしばし固まります。

そんな私の反応を見て、平林さんは呆れた風に肩をすくめると……、

「——恋愛心理学なんてインチキに決まってるじゃない」


平林さんの一言で、時間が止まりました。

私もユウカちゃんも、平林さんの言葉の意味が理解できず、
ただ金魚のように口をぱくぱくやることしかできなくて、

「……なんですって？」

かろうじて言葉にできたのは、それだけでした。

「――だーかーらー、インチキ、インチキなの。他は知らないけど少なくとも私が書いてる本はそう、っていうか、そんなのでカレシができるんなら私は今頃ハーレム王だし」

……今まで、信じてきた聖典を。

心のよりどころにしてきたそれを。

神様が突然目の前に降りてきて「それ嘘だよ」と否定しています。

「っ……!?」

足下ががらがらと崩れて、底の見えない奈落へ真っ逆さまに落ちていく自分を幻視したのも、無理からぬことでしょう。

そ、そんな……私が今まで信じてきたものは……一体……？

「う……ウソツキ……」

震える声で言うのが、私にできる最大限の抗議でした。

こんなにも滑稽なことがありますか？

あまりの惨めさに今にも大声でわんわんと泣き出しそうでした。

ですが、平林さんは、

「あのねー、まず前提からして間違ってる、嘘でいいんだよ恋愛心理学なんて」

「へ……？」

恋愛心理学は、嘘でいい？

難解すぎる謎かけに、私の頭をオーバーヒート寸前でした。

「いーい？　こっからは恋愛クリエイター・moriのアドバイス、本来お金とるんだからね？　よく聞いて」

「は、はい……？」

「まず月並みな言い方だけど、この世に同じ人間なんて一人もいないの。今まで高嶺(たかね)サキが関わってきた人間で全く同じ人なんて一人もいなかったでしょ？」

「それは……」

勿論そうです。

平林(ひらばやし)さんも、私も、ユウカちゃんも、間島(まじま)君も、荒川(あらかわ)君も岩沢(いわさわ)君も……宮ノ下(みやのした)君も。

全員が全員、違う性格・違う価値観を持って動いていました。

「それを……コンピューター・ゲームじゃあるまいし、誰にでも効く必勝の攻略法なんてあるわけないじゃない。というか小手先の技術や知恵で他人の心を思い通り動かそうって考えがそもそもおこがましい！　人の心を動かすのはあくまで人の心なんだから」

「…………じゃあやっぱりインチキ……」

「話を最後まで聞け！　恋愛心理学はただのきっかけなんだから、嘘(うそ)でいいのよ！」

「き、きっかけ……？」

「——そう！」

平林さんはその場から立ち上がると、普段からは考えられない威勢で、私に詰めよってきます。

「――イマモテで『ウィンザー効果』について知った時、高嶺さんはどうした!?」

私は突然の問い詰めに困惑しながらも、答えます。

「え、えっと……高嶺サキは間島君を好きらしいと、ユウカちゃんに伝えてもらいました……」

「『ミラーリング効果』について知った時は!?」

「……間島君の真似をしようとして、話しかけました……」

「『ランチョン・テクニック』に『スティンザー効果』！」

「……間島君の隣で、お昼ごはんを食べました」

「『ドア・イン・ザ・フェイス』はどう!?」

「……間島君をデートに誘って、連絡先を交換しました」

「じゃあ――『告白３か月の法則』は!?」

告白３か月の法則。

最も異性への告白の成功例が多かったパターンは「出会ってから３か月以内」。

これを見て、私は……

「間島君に想いを伝えようと思いました……」

「——だったらそれは全部、あなたの努力じゃない！」

はっと、息を呑みました。

自分の中でぐじゃぐじゃに絡まった色んな感情が、一息にほどけていくようです。

「私がイマモテに書いたのは嘘ばっかだけど、でも本当のことも書いた。……分かる？」

「……『恋愛を成就させる要素の9割は勇気と根気』」

「そういうこと。恋愛心理学は残りの1割以下、最後にあなたの背中を押すだけのものだから。高嶺さんにはもう、勇気も根気も足りてるってこと。イマモテなんか気にせず、あなたがやりたいことをやればいいじゃない」

「……!!」

……ああ、こんなにも幸せで、勇気の湧いてくることが他にあるでしょうか。

恋愛クリエイターのmori先生は、やっぱり、途轍もなくすごい人で、

そして私は——何も間違っていなかったのです。

「——ありがとう平林さん！　私、間島君ともう一回話してみます！」

「ええ、それがいいわ」

「風紀委員長は毎年、上村大祭を巡回することになってるから間島君も今そこにいるかも」

ユウカちゃんが言って、私に親指を立てました。

私は、本当に……友達に恵まれました！

「――本当にありがとうございました!!　じゃあ私、行ってきます!!」

もう、迷いはありません。

私は空き教室から勢いよく飛び出して、上村大祭の会場へと向かいました。

「……いやぁ、やっぱり恋っていいわぁ、私もいい加減岩沢君に告白しようかな……」

「ところでペテン師さん」

「ネットで人気の恋愛クリエイター・moriです」

「イマモテってどれぐらい売れたの？」

「ふふふ、発売即重版、ただいまめでたく第7版でございます」

「正味このインチキ本でどれだけ稼いだ？」

「……恋愛はプライスレス by mori」

「おい」

第六部　想いは直接伝えるべし

■高嶺サキの章■

祭り囃子に交じって、どこからかひぐらしの声が聞こえてきます。

例年のジンクスを打ち破り、晴れ祭りとなった上村大祭は――たいへんな盛況でした。

人、人、人――どこを切り取っても人の海。

上村にはこんなに人がいたのかと驚きたくなるほど、圧巻の光景です。

さらに威勢のいい掛け声とともに、いくつもの提灯をぶらさげたおしゃぎりが、人の海を泳ぐ船のように進むさまは、いかにも祭り、といった感じでした。

「すみません……ごめんなさいっ……！」

果てが見えないほど並んだ露店の道には、ぎっしりと人が詰まっており、ただ前に進むのも一苦労です。

そんな中、私は人混みをかき分け、進みました。

――間島君を、捜しているのです。

「――おっ、あれ高嶺さんじゃない？」

「高嶺さんもお祭り来るんだ、お――い」

「一人なのかな？　誘ったら一緒に回ってくんないかな……」

途中何人かの上高生にすれ違い、向こうはこちらに気付いて何か言っていたようでしたが
――ごめんなさい、今はそれどころじゃないんです。

「間島君……っ！」

間島君。

間島君。

間島君に、今すぐ会って、もう一度話がしたいのです！

私は人の波に揉まれ、汗で髪の毛が額に張りつくのも気にせず、ただ一心不乱に進みました。

「間島君、間島君、間島君――」

間島君に会ったら、話したいことが山のようにあります。

まずは謝りましょう。避けてしまってごめんなさいと。

それから、間島君はもしかしたら覚えていないかもしれないから、東中時代の思い出を。

そしたら――改めて告白の返事を、聞きたいのです。

フラれたっていいです。嫌われていたっていいです。

このまま間島君と話せなくなって終わることに比べたら、そんなのなんでもありません！

――しかし、私の思いとは裏腹に、間島君は一向に見つかりません。

「はぁっ……はぁ……」

会場からは少し外れた神社の石段に腰を下ろして、乱れた息を整えました。

……だいぶ日が傾いています。

もうかれこれ、会場を3周はしたでしょうか？

スマホを取り出して、1時間ほど前間島君に送ったメッセージを見てみます。

……既読はついていません。

「はぁっ……はぁっ……」

荒く息を吐き出して、膝に顔を埋めました。

間島君のことですから、もしも風紀委員として会場の見回りを行っているとすれば、スマホの電源は切っていることでしょう。それなら既読がつかないのも納得です。

……でも、本当にそうでしょうか？

遠くに聞こえる祭り囃子と喧騒……宵の闇に弱気な私が顔を出します。

……本当はもう、見回りは終わって、家に帰ってしまったんではないでしょうか？

私のメッセージに既読がつかないのは、この前の一件で私をブロックしたからで……。

本当は、私なんか……、

顔も見たくないんじゃないでしょうか……？

「はぁ…………はぁ…………」

小さくなっていくひぐらしの鳴き声が私の焦燥感を掻き立て、胸がじくじくと痛みます。

そして心細さに耐え切れなくなり、私はぽつりと呟きました。

「……間島、君」

……その時です。

いきなり、後ろから肩を掴まれました。

「……え？」

……まさか、いや、そんなわけはありません。

でも、どうしようもなく私は、

あの時のように、ヒーローよろしく現れる間島君を、期待してしまって、

振り返ると――、

「――お、やっぱサキちゃんだ、久しぶりぃ、はい記念に一枚」

ぱしゃり、と絶望の音が鳴りました。

こ、この人は……、

「――宮ノ下、君……!?」

「おっ、覚えててくれたんだ、うれし～」

さっきまで走り回って火照った身体が急転直下、全身の血管が凍り付いたようでした。

……考えてみれば、十分あり得ることだったのです。

宮ノ下君は中山高校へ進学したので、普段会うことは幸いにしてありませんでしたが、それでも彼は上村市民なのです。

となれば、彼が上村大祭にいたっておかしくはないわけで――でも、どうしてよりにもよって今、このタイミングで――彼が――

「いやー、実はオレちょーどサキちゃんのこと考えててさぁ、運命？　運命かもね、そうそう今日は新しい友だちも連れてきたんだよ、紹介していい？」

貼り付けたような笑顔で言う宮ノ下君の後ろには――見るからに怖そうな男の人が６人。

まるで値踏みでもするかのように、私のことをねめつけてきます。

「ん？　怖い？　ははは、大丈夫だよ、ちょっと乱暴で、すぐカッとなって、暴力も振るうけど……ノリは良いやつらだから」

「っ！」

――逃げるしかありません。

私は咄嗟に立ち上がって、その場から逃げ出そうとしたところ……、

「――待った！」

「っ⁉」

宮ノ下君は私の肩を押さえつけて、石段に無理やり座らせてきます。

再びあの日の恐怖が蘇ってきて、私の頭を支配しました。

「まあまあ、帰るのはこれ見てからでもいいんじゃない？」

そして宮ノ下君は、怯える私に自らのスマホを差し出してきました。

私は画面に映し出されたものを見て――、

「……っ⁉」

絶句しました。

何故ならそこには、気を失った私をおぶって、レオに駆けこむ間島君の姿が映っているのですから――。

「綺麗に撮れてるっしょ、最新式トリプルカメラでポートレイト撮影だってお手の物、顔認証システムもついて、内部ストレージは脅威の１ＴＢ！　もちろん防水もカンペキさ」

「な……なんで、こんな写真……」

「上村は狭いんだぜ、サキちゃん」

一気に血の気が引きます。

このあとの展開は、分かり切っていました。

「上高の風紀委員長が気を失った女子生徒を夜の店に運び込む……これ見たらみんななんて

ひったくりました。

私は宮ノ下（みやのした）君が言い切るよりも早く、彼の足を思いっきり踏みつけて、その手からスマホを

言うかな？　それが嫌だったら、サキちゃんはちょっと俺たちのお願ィっだぁっ!?」

「お借りしますっ!!」

そして、宮ノ下君が悶（もだ）えている間に、私は彼のスマホを持って走りだします。

目的は一つ——この写真を削除することです！

「クッソ!?　あのバカ女オレの最新型スマホを汚い手で……っ！　おいっ！　お前らぼーっと見てねえで追いかけろ!!　ぜってー取り返せ!!」

後ろの方から、複数の足音。

私は頭の中を恐怖に支配されながらも、がむしゃらに走り続けました。

「消さなきゃ、消さなきゃ、消さなきゃ……っ！」

絶対にこの写真だけは消さなくてはいけません。

私はもう、私のせいで傷つく間島（まじま）君を、見たくないんです……!!

「ハッ……ハッ……!!」

がむしゃらに、ただがむしゃらに。

荒い息を吐き出し、

肺がちぎれそうなほど痛んで、

何度も転んで膝をすりむいて、
もうロクに足を上げることができなくなっても、
夜の上村を走って、走って、走り続けました。

そしたらいつの間にか祭り囃子は聞こえなくなっていて、
あたりを見回しても人影一つなく、
私を追う足音も聞こえなくなりました。

「ハッ、ハァッ……ハァ……！」

私はほとんど倒れるように、街灯の下へ座り込みます。

足下から、ざあああ、とゆるやかに流れる川の音が聴こえました。

「ここ……ともだち橋……？」

――ともだち橋、正式な名称は誰も知りません。

東中の近くにかかった小さな橋で、私が登下校の際いつも渡っていた橋でありました。

確かに、橋の向こうには宵闇の中にかすかに浮かび上がるかつての学び舎があります。

どうやら、ずいぶんと遠くまで走ってきたようで……。

……いえ、今はそんなことはどうだっていいんです！

「消さないと……！」

私は急いで宮ノ下(みやのした)君のスマホを操作します。

緊張と疲労から指が震え、何度も何度も操作を誤ってしまいましたが……、

〝削除しました〟

「や、やった……！」

写真フォルダからも、もちろんゴミ箱フォルダからも。

完全にあの写真を削除しました。

これでもう、間島(まじま)君は……！

「――大丈夫、とか思った？」

「っ!?」

心臓が、張り裂けるかと思いました。

一体いつから――宮ノ下君と彼の友人が、すぐそばで私を見下ろしているではありませんか。

「は――あ、部活の走り込みより走らされた、どんだけ走るの好きなのサキちゃん？」

宮ノ下君に力ずくでスマホを奪い返されます。

彼は取り返したスマホを見て、あからさまに苦い顔をしました。

「うわ、手汗やっば、このスマホいくらすると思ってんだよマジで……あ、丁寧にゴミ箱フォルダからも写真消してんじゃん、ご苦労様、でも意味ないよ」

「な、なにを……」

「──だってこれ、オレが撮った写真じゃなくて、友だちから送ってもらったヤツだもん」

えっ──？

私の反応がさぞ面白かったのでしょう、宮ノ下君が噴き出しました。

「言ったじゃん！　上村は狭いんだぜ、って！　アハハハハ！　サキちゃんマジ走り損！　無駄に走っただけ！　最初から素直にオレの話聞いとけばよかったのに！」

絶望に打ちひしがれる私の耳に、彼らの笑い声がいやに響きました。

無駄……。

私がやってきたことは全部、無駄だったのでしょうか……。

全身から力が抜け、諦観が私を支配します。

もう、声も出ませんでした。

「さあさあ、サキちゃん立って立って」

宮ノ下君が私の腕を掴んで、無理やりに引き起こします。

「とりあえず再会を祝して、ツーショット撮ろうよ！　ほら笑って笑って」

こんな状況になっても、私は無力で、卑怯で……。

どうしても彼に助けてほしいと、思ってしまって……。

「盛れる角度意識してー、さあ撮るよー」

……助けて、

間島君……。

「はい、チーズ！」

「──新潟県青少年健全育成条例第20条の3に『自画撮り画像の要求行為の禁止等』とあるが、知っているか？　宮ノ下ハルト」

「えっ」

ぱしゃり、と、宮ノ下君のスマホから音が鳴って……それから私たちは見ました。

宮ノ下君のスマホ画面に映し出された、私と宮ノ下君、

そしてその背後に映り込む、鬼の形相の風紀委員長の姿を──

「違反者には20万円以下の罰金が科せられる……そのスマホより高いぞ」

「で、出たあああああああああああっっ！？！？！？」

宮ノ下君は過去のトラウマが刺激されたらしく、まるでオバケでも見たように、大きく後ずさりました。

しっかりと最新型スマホを握りしめたまま。

NEW

編集

スタンプ
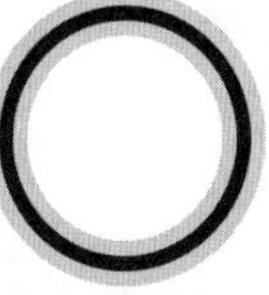

おすすめ

フィルター

「ま、じま……君……？」

まるで、夢でも見ているようでした。

眉間にぎゅっとシワを寄せた彼は、私を見下ろすと……優しげに微笑んで、

「……君は本当によく人の注目を集めるな」

「えっ……」

「上高のみんなが教えてくれたぞ、『祭りの会場を走り回る高嶺サキの姿を見た』と、君があちこち走り回ってくれたおかげですぐに見つけられた」

「……また、私を……助けに来てくれたんですか……？」

「うん？」

私が尋ねると、
間島君はいつか見たように、子どものような、無邪気で悪戯っぽい笑みを浮かべながら、

「――前から気になっていた女子に話しかけるのに、何か理由がいるのか？」

…………えっ、

…………前から…………、

……気になっていた…………女子…………………？

西の空が、薄紫色に染まっています。

7月7日の七夕、間島君に話しかけてからちょうど3か月目の、黄昏時。

私の顔面は、きっと夕陽よりもずっと真っ赤に染まっていたことでしょう。


「――間島が告ったぞ――――――っっ！！！！」

ちょうど私が間島君の顔を直視できなくなった頃、
突然、辺りからすさまじい歓声があがりました。

見ると――、

「なっ……!?」

――一体、これはどういうことでしょうか――？

いつの間にか、私たちを中心として、ともだち橋を大勢の上高生が囲んでいるのです！

「な、なんだよこいつらっ!?」

宮ノ下君とその友人もこの異様な光景には困惑しているようで、私もどういうわけかと辺りを見回すと、人混みの中にユウカちゃんを見つけました。

「ゆ、ユウカちゃん!?　どうして……！」

ユウカちゃんは苦笑しながら、これに答えました。

「純粋に目立つんだよねェ、あんたたち二人揃うと」

――顔から火が出る思いとは、まさにこのことです。

いずれにせよこれほどの注目の中で、宮ノ下（みやのした）君はもう何もできません。

「……っ！」

彼は悔しげに顔を歪めると、自慢の最新型スマホを胸ポケットにしまい、そして……、
にっこりと、はにかみました。

「あ、……ああ、なに？　なんだよ、お前らそういう関係？　はは、知らなかったわー」

宮ノ下君が嘘（うそ）くさい笑みを浮かべながら、ゆっくりとこちらへ歩いてきます。

私は悲鳴をあげそうになりましたが、間島（まじま）君が私を庇（かば）うように肩を抱きました。

私の顔は再び紅潮し、上高（カミコー）生たちの誰かがピィーっと指笛を吹きます。

「近付くな、怯（おび）えているだろう」

「近付くなって……ひっどいなぁ、久しぶりに会ったから挨拶（あいさつ）しただけじゃん、別になにもしやしないよ……」

「そうか、じゃあいらんお節介だと思うが教えてやる、あの写真をばらまいても無駄だぞ」

「……はい？」

「お前は上村（かみむら）の狭さを舐（な）めすぎだ。スナック『レオ』の常連には上高の先生もいるんだよ。おれの保護者がスナック『レオ』の経営者・間島カオルであることなど、とうに知れ渡っている」

「……」

間島君の前に立ちはだかった宮ノ下君の作り笑顔が、一瞬ひどく歪みました。

しかし、彼はすぐに笑顔を作り直して、

「……いやだな、だから挨拶だけだって言っただろ、ああ、そういえばお前にも挨拶してなかったな……」

「なるほど、確かに挨拶は大事だな。大変ご無沙汰しておりましたが、お変わりありま……」

間島君が律儀すぎる挨拶をしようとした、その時、
宮ノ下君の笑顔がたちまち凶悪なものに変わって、彼は拳を振りかぶり、間島君へ――。

「――間島君っ!!」

私は咄嗟に彼の名前を呼びましたが、宮ノ下君の振りかぶった拳は、そのまままっすぐと間島君の顔面に……

「あれ？」

……当たらず、空を切り。

一体どうやったのか、私には皆目見当もつきませんでしたが、
宮ノ下君は殴ろうとした腕を掴まれ、次の瞬間にはアスファルトの地面に組み伏せられておりました。

彼は何が起こったのか全く理解できない様子で、間島君を見上げています。

「な、なんで……？」

これに対して、間島君はあっけらかんと答えました。

「君のおかげで人の顔を殴ってはいけないと学んだ――ので、空手はやめて最近は毎朝早起きして近所の道場へ合気道を習いに行っている。……ところで挨拶はまだか？」

組み伏せられた宮ノ下君の胸ポケットとアスファルトの合間から「ぺきぺきぺき」と嫌な音がして、
宮ノ下君は、静かに泣き出してしまいました。

■？？？の章■

「はぁ……！　クソ、ハルトのヤツ……話と違うじゃねえか」

「都合のいい女一人呼ぶって言ってたのに……なんだよあの変な奴ら……！」

ともだち橋でのどさくさに紛れて逃げ出した、宮ノ下の友人たち。

彼らは息も絶え絶えに、元リーダーへの恨み言を口々に呟きながら、ともだち橋から離れた人気のない高架下までやってきました。

ここまで逃げればもう安心と足を止めた彼らですが……、
惜しむらくは、たいへん運がなかったことです。

「──おこんばんはー」

「──上村高校風紀委員ですー」

高架下の暗がりに、奇妙な二つの人影がありました。

一人は身長180センチを超える長身の男で、もう一人は逆にひどく小柄な男です。

「はぁ……はぁ……な、なんだお前ら……！」

友人の一人が問いかけると、背の低い方がニコニコ笑いながら答えました。

「中山高校の男子生徒数人が、上村高校の女子生徒を追いかけ回しているとの通報があってやってきましたー」

「だ、だったらなんだよ……あ？　先生にでも言いつけるか？　それとも親か？」

友人の一人は彼らを挑発したつもりでしたが、二人はもう聞いていません。

コワモテの友人6人組など無視して、二人で何かを相談をしています。

「にー、しー、ろー……6人、一人3人かぁ、岩沢いける？」

「中高のシャバ僧が3人だろ？　上高入ってからしばらく喧嘩なんてしてないけどボク一人でもいけるよ」

「うわイキり野郎！　俺より片付けんの遅かったら笑ってやるからなー」

無視されたのがよほど腹立たしかったのでしょう、

「このっ……！」

血気盛んな友人たちは二人組に飛びかかろうとして……直前であることに気付き、顔面を蒼白させました。

「あ、あれっ……？」

「あの二人、もしかして……!?」

そうこうしている間に二人は相談を終えたらしく、友人たちを見て言います。

「悪いんだけどさー、お前ら俺らのこと先に一発ずつ殴ってくんねえかな？」

「一応ボクら風紀委員だからさ、正当防衛ってかたちにしたいんだよ」

意味不明なお願い……しかし友人たちは蛇に睨（にら）まれた蛙のようにその場を動けませんでした。

そして、おもむろに友人の一人が言ったのです。

「と……『東中（トーチユー）の荒川（あらかわ）』と『東中の岩沢（いわさわ）』だ……！」

おわりに

「――なあ荒川、『東中の間島』って知ってる？」

上村の長い梅雨が明け、うだるように暑い昼休み。

顔中にべたべたと絆創膏を貼りつけた風紀委員・岩沢タツキがおもむろに言いました。

その手にはもちろん、彼お気に入りの紙パックのプロテイン・ジュースがあります。

「東中の間島？　なにそれ？　ケンゴの話？」

そう言うのは、彼と机を突き合わせて昼食をとる風紀委員・荒川リクです。

彼の顔にもまた、いくつもの絆創膏が貼られていました。

「聞いたことない」

荒川がそう答えると、岩沢は紙パックに刺さったストローをちうちうやりながら言います。

「なんか間島君が中学時代にやべー不良だったたって噂」

「え……」

荒川は数秒固まったかと思うと、やがて肩をぷるぷると震わせ出して……、

「――アハハハハハハハ!!　なんだそれめっちゃおもしれ――っ！」

クラス中のみんなが振り返るほど、大きな声で笑いました。

「声がでかいんだよバカ……」

「ひっ、ひぃーっ！　な、なんでそんなおもしれえこと俺らの耳に入ってこねえの!?　いっつもケンゴと一緒にいるのに！」

「……それだよ」

「へっ……？」

「実はこの噂自体は前からあって、ボクの耳にはちょくちょく入ってきたんだ。聞いた話によると中高の宮ノ下（みやのした）が……多分あの件の腹いせだろうね、頑張って色んな所でその噂を流してたらしいんだけど……」

「お、おう」

岩沢が深刻そうな表情を作り、荒川はごくりと唾（つば）を呑（の）みます。

そして……

「——結局みんな笑うばっかでロクに広まらなかったんだって。たいてい間島君のことよく知らない連中のとこで噂が止まってるってこと」

「あ————超納得した」

岩沢の言葉に、荒川はちぎれるほどに頷（うなず）きました。

「そもそもケンゴと噂ってのが相性悪すぎるよな」

「ホントだよ、あれだけ騒がれてた噂も75日を待たずに全部消えちゃったし」

「そらそうだ、あいつより裏表のない人間、いねーもん」

「間違いない」

絆創膏まみれの二人はお互いにうんうんと頷き、そして——こう見えて意外と仲のいい二人は、同時にあることに思い至りました。

「……でも、あの噂だけはホントだったね」

「いや——、どっから漏れたんだろうなぁ……岩沢お前誰かに言った？」

「言ってない！　言ってないから拳を構えるなよ！　もう買い置きの絆創膏ないんだよ！」

「岩沢じゃないとなると……誰だ？」

「誰でもないんじゃない？　案外、ボクらは間島君を近くで見すぎてるせいで分からなかっただけで、外から見ると分かりやすいのかもよ」

「そうなのかなー」

「そうなんじゃない」

二人は適当に会話を打ち切って、なんとなく窓の外を見ました。

真っ青な空に浮かんだ入道雲が、こちらを見下ろしています。

岩沢は入道雲から伸びた細い飛行機雲を眺めながら、なんとなく呟きました。

「……間島君、高嶺さんのこと好きらしいよ……か」

■間島ケンゴの章■

雪国である上村(かみむら)市にも、暑い夏がやってきた。

木々は青々と生い茂り、蝉(せみ)たちの合唱は最高潮の盛り上がりを見せ——ダイゴヤの季節限定抹茶マリトッツォは店頭から姿を消した。

最近は「カヌレ」とかいう、かりんとうまんじゅうみたいな菓子が流行っているらしい。

かりんとうまんじゅうはお茶請けにちょうどいいので、きっとカヌレもそうだろう、いつか食べてみたいと思う。

おれは踊り場の窓から校庭を見下ろして、しみじみ思った。

ここは薄暗く、黴臭(かびくさ)くて、おおよそ食事に適した場所ではないが……静かなのがいい。

静けさがおれに四季の移ろいを感じさせてくれるからだ。

……なんて言っていたのはいつのことだったか。

「……間島君」

「……な、なんだ」

「……何か喋(しゃべ)ってください」

隣に座った高嶺サキが、パイナップルのフルーツサンドにかじりつきながらそんなことを言ってきた。

な、何か喋(しゃべ)れと言われても……、

「……きょ、今日は風紀委員の活動で掲示物の貼り替えをした。おそらく放課後もやる」

「……はい？」

「……来週は球技大会だ」

「……」

「……再来週から、そうだな、夏休みになる」

「！　はい！　そ、それで……？」

「ええと……夏季休業といえど学生の本分を忘れず、節度をもった行動を心がけねばならないわけで」

「はぁぁぁ――――…………っ」

高嶺(たかね)サキが1階まで落ちていくのではないかというほど、深い、深い溜息(ためいき)を吐き出した。

……どうやらおれはまたなにか間違えてしまったらしい。

「カオルさんの言った通りですね、本当に……」

フルーツサンドを食べ終えた高嶺サキは、ぱんぱんと手を払って、おれに1冊の本を差し出してくる。

「はい、間島(まじま)君、これあげます」

「……これは？」

「これ読んで、女の子との会話について学んでください、宿題です」

――臆病な恋とはもうさよなら！　新世代の恋愛戦略！

今からモテる！　超・恋愛心理学講座
気になるあの子が、気になるあなたへ――

…………。

……。

気になるあの子が、気になるあなたへ……か。

「…………」

「？　どうかしましたか？」

「…………本当に、おれでいいのか？」

「はぁ」

「おれは……気の利いたことも言えないし、つまらない人間だ……マリトッツォだってこの前初めて食ったんだぞ？」

「はぁぁぁ――――…………っ」

2度目。

高嶺サキはその場から立ち上がって、ぼそりと、

「……こんな面白い人、他にいませんよ……」

「なに?」

「なんでもありませんよ!　ほら!　私が手本を見せますから立ってください!」

な、なんだ?

今日の高嶺サキは、いやに強引だぞ……?

「ついてきてください」

いつもなら、下へ下りるところだが……

どういうわけか、高嶺サキはずんずんと階段を上っていく。

「おい高嶺サキ、どこへ行くんだ?　屋上への扉は施錠されている、そっちには何もないぞ」

「……こんな噂を知っていますか」

「噂?」

「噂です」

高嶺サキが屋上へと続く、分厚い扉の前で立ち止まった。

そして、ゆっくりと語り出す。

「上村高校の屋上へ続く扉は施錠されている――」

高嶺サキの手元からかちゃかちゃと妙な音が鳴っている。

なんだ?　何をしている?

「——が、長年放置されていたことで、錠前は錆びついて使い物にならなくなっている——という噂です」

カチャン！　とひときわ大きい音が鳴り、
次の瞬間、おれたちは目も眩まんばかりの光に包まれ、そして強い風が吹き抜けた。

「要するに……バレなきゃいいんですよ」

「……これは」

屋上へ続く扉が、開かれていた。

抜けるような青空に真っ白な入道雲、
眼下に立ち並ぶ家々、病院、駅、スーパー、『レオ』、おれたちの通っていた中学校、
そしてその先には——どこまでも続く、日本海が広がっている。

上村高校の屋上から、この狭い上村の全てが一望できた。

「……いつも昼食をとっているあの黴臭い場所のすぐ後ろに、こんな光景が広がっていたなんて」

強い日差しで照らされたその光景のあまりの美しさに、おれは言葉を失っていた。

そしてこの光景を並んで見る高嶺サキが、ぽつりと呟く。

「私は昔、この上村が大嫌いでした。息苦しくて、窮屈で、どこに行っても嫌なことばかり思い出すので。……でも、これからは」

そこまで言って、高嶺(たかね)サキがおれを見る。

彼女は、それこそ真夏の向日葵(ひまわり)のようににっこり笑って、言うのだ。

「――ちょっとずつ、いい思い出ばかりになっていきそうです」

……その笑顔は、反則だ。

高嶺サキは途中で恥ずかしくなったらしく、再び前方へ視線を戻して……、

「は、はいっ！　以上を踏まえたうえで、何か私に言うべきことはありませんかっ!?」

「……そうだな」

抜けるような青空を見上げて、おれはゆっくりと語り出した。

「……この前、生まれて初めて万代太鼓のプレーン以外を買った。ラフランスのやつだ……

案外、悪くはなかった」

「民放もたまにになら気分転換になる……と思う」

「……その、何が言いたいかというと……」

「きっとおれは、君がいなければ、この光景を見ることは一生なかっただろう。本当に感謝している」

「…………はい」

「――が、違反は違反」

「…………はい？」

ている前で！」

「校則で立ち入り禁止とされている屋上へ故意に侵入した。それも風紀委員長であるおれが見ている前で！」

「えっ、ちょっ……」

「連帯責任だ、２年Ｂ組・高嶺サキおよび間島ケンゴは、担当教諭に自主報告のうえ、反省文を規定枚数提出だ。屋上の鍵が壊れていることも生徒会に報告する」

「ええぇぇぇぇぇぇぇぇぇえええぇぇ――――っっ！？！？」

「あと、夏休みは海にでも行くか……せっかく付き合ってるわけだしな」

「…………えっ？」

高嶺サキが呆けた声をあげるが、おれは……もう高嶺サキの顔を見ることはできなかった。露骨に顔を逸らして、彼女には後頭部を向けている。

……顔面が熱い。

……耳まで紅葉みたく真っ赤に染まっている気がする。

…………うん？

……耳まで？

――サキサキが私の後ろで今どんな顔してるか見てみな、それでたぶん全部分かるから

……ああ、

……あの時の瀬波ユウカの言葉は……、

……そういうことだったのか。

「ねえねえ間島君、ちょっとでいいのでこっち向いてくれませんか？」

「――断るっ！」

了

あとがき

はじめましての方ははじめまして、猿渡かざみです。さるわたりではございません、さわたりです。はじめましてじゃない方は、そろそろ覚えてあげてください。

さて、このたび書きましたるは俗に言う「〇〇さんシリーズ」……すなわち両片想いラブコメでございます。

またもや。好きなんだから仕方ないですね。

しかし本作の執筆は——危うくラブコメそのものが嫌いになりかけるほど難航いたしました。

なんとか納得のいく形には仕上がりましたものの、間違いなく、本作がぼくの短い作家人生の中で最も長くぼくを苦しめた因縁の作品であることは疑いようのない事実であります。

嘘だと思うなら担当編集さんに訊いてみてください。

では、どうしてそんなにも苦労したのかというと……どんなものでも長く続けていると妥協できないことが増えてくる、に尽きると思います。

そういった思いが、本作の主人公の一人でもある「間島君」のキャラクターにも反映されているのかもしれません。

自分に厳しく他人に優しい風紀委員長の間島君……ある側面から見れば、彼は完全無欠のスーパーマンに見えるかもしれません。

しかし本編をお読みになった皆さんならお分かりの通り、あまりに妥協を知らなさすぎる彼は、本編でいくつもの選択を誤ってしまいます。

そんな彼を正しい方向へ導いてくれるのが、高嶺さんでした。

間島君と高嶺さん、不完全で、どこか似た者同士な二人が助け合い、成長していく……恋って美しいよね……

――が、辛く厳しい現実を生きるぼくの隣に高嶺さんはいないので、ただただ一人家にこもって、ゾンビのごとくうめき声をあげながら不完全な自分と格闘しておりました。

なんだろう、本作を執筆するにあたって、資料として山ほど買った恋愛ハウツー本を読み漁り、脳の形が完全に「恋愛」になってしまっていたせいかもしれません。最後の方とか二人が羨ましすぎてちょっと涙出ました。

恋って美しいよね（二度目）。

では、ぼくがまだ人の心を保っている内に、謝辞を。

イラストを担当してくださった池内たぬま先生。好きです（直球）。漫画も買いました（媚）。

イラストを依頼するにあたり、先生には色々と無茶なお願いをしてしまったわけですが……見てくださいよ!!　たぬま先生の描く高嶺さんと間島君のこの可愛いこと!!

こんなあとがきなんてもう読まなくていいんで、ページをめくってもう一度確認してみてくださいよ!!　カバーを！　扉絵を！　口絵を！　挿絵を！　ほら!!

いや、カワイ〜〜〜〜！　一分の隙もなくカワイ〜〜〜！

もちろんユウカちゃんも荒川も岩沢もキーコちゃんも全員愛おしくてたまらね〜〜っ。こんなの犯罪でしょ……（？）。

今思えばたぬま先生のイラストがあまりにも素晴らしかったせいで、ぼくの中の妥協ハードルを爆上げされたような気がします。少しでも先生のイラストに見合うだけの内容になるよう、がんばって書きました。

続いて担当編集の小山さん。ぼくとのシリーズを立ち上げは初めてですが、いや〜〜〜〜〜〜〜〜〜〜〜〜〜〜〜〜〜〜〜〜〜〜〜〜〜〜〜〜〜〜〜〜〜〜〜〜〜〜ご迷惑おかけしました。

妥協のない作品を作り上げるための尊い人柱となってくれたこと、本当に感謝しております。

そしてなにより、この本の出版に携わってくれた皆さまにも大きな謝辞を。

ぼく以上に妥協を許さないプロフェッショナルな皆さまと協力して作り上げた本作が、読み終えたあとにほんの少し背中を押してくれる、誰かにとっての「１％」になっていれば、ぼくとしてはこの上ない喜びであります。

これからも間島君と高嶺さんの恋愛を見守っていただければ、幸いです。

では、二巻でまたお会いしましょう。

あとがきも妥協ナシ、文字数ぴったり猿渡かざみがお送りしました。

GAGAGAGAGAGAGA

ガガガ文庫6月刊

塩対応の佐藤さんが俺にだけ甘い6.5

著／猿渡かざみ

イラスト／Åちき

新規書き下ろし中編を追加して、シリーズ1～6巻の店舗特典SSやTwitter限定公開SSを全て収録！　さらに、佐藤さんと押尾くん、そして彼らの日常を彩る人々の365日を記録したファン必携の短編集！

ISBN978-4-09-453071-1（ガさ13-7）　定価660円（税込）

高嶺さん、君のこと好きらしいよ

著／猿渡かざみ

イラスト／池内たぬま

「高嶺さん、君のこと好きらしいよ」風紀委員長・間島の耳にしたそんな噂は……なんと高嶺さん本人が流したもの!?　高嶺の花vs超カタブツ風紀委員長！　恋愛心理学で相手を惚れさせろ！　新感覚恋愛ハウツーラブコメ！

ISBN978-4-09-453076-6（ガさ13-8）　定価704円（税込）

董白伝 ～魔王令嬢から始める三国志～5

著／伊崎喬助

イラスト／カンザリン

激闘の末、呂布を打ち破った董白。ところが息つく間もなく、曹操が南に進軍してくる。劉備兄弟も参戦し、ついに三国の英傑たちが一同に見える——！　魔王令嬢のサバイバル三国志、いざ決戦の刻!!

ISBN978-4-09-453072-8（ガい7-9）　定価726円（税込）

変人のサラダボウル3

著／平坂 読

イラスト／カントク

学校に通うことになったサラは、入学早々波乱を巻き起こす。友奈、ブレンダ、閨たちにも変化が訪れ、リヴィアのジェットコースター人生もますます混沌としていき——。変人達の奇想天外おもしろ群像喜劇第三弾!!

ISBN978-4-09-453073-5（ガひ4-17）　定価660円（税込）

魔女と猟犬3

著／カミツキレイニー

イラスト／LAM

瀕死のロロを蘇生させるため“海の魔女”と出会うべく、船で大陸を南下するテレサリサたち。だが、“海の魔女”ことブルハは、イナテラ海で名を馳せる海賊の一人。話が通じるかどうかもわからない相手だった……。

ISBN978-4-09-453070-4（ガか8-15）　定価847円（税込）

ママ友と育てるラブコメ

著／緒二葉

イラスト／いちかわはる

妹が大好きなシスコンな高校生、昏本響汰。彼は妹の入園式にて、クールで美人なクラスメイト・暁山澄を発見する。お互い妹・弟の世話をしており、徐々に仲が深まっていく。そう、まさに二人の関係は“ママ友”だ。

ISBN978-4-09-453075-9（ガお10-1）　定価682円（税込）

霊能探偵・藤咲藤花は人の惨劇を嗤わない2

著／綾里けいし

イラスト／生川

藤咲の本家からの逃亡生活を続ける藤花と朔。そんな二人のもとに、未来視の「永瀬」の遣いが訪れる。匿いを対価に二人に示される、愛ゆえの地獄。それは『少女たるもの』になれなかった誰かの、在りし日の恋の残滓。

ISBN978-4-09-453074-2（ガあ17-2）　定価660円（税込）

ガガガブックス

ハズレドロップ品に【味噌】って見えるんですけど、それ何ですか?2

著／富士とまと

イラスト／ともぞ

騒動の後、指名依頼のためサージスと別れたシャルとリオは、王都で買い物をすることに。すると、クナイと呼ばれる不思議な道具を発見する。また、カニ・ウニ・トリュフなど、今回も美味しい食材がたくさん登場！

ISBN978-4-09-461162-5　定価1,540円（税込）

GAGAGA
ガガガ文庫

高嶺さん、君のこと好きらしいよ

猿渡かざみ

発行　2022年6月22日　初版第1刷発行

発行人　鳥光 裕

編集人　星野博規

編集　小山玲央

発行所　株式会社小学館
〒101-8001 東京都千代田区一ツ橋2-3-1
[編集]03-3230-9343　[販売]03-5281-3556

カバー印刷　株式会社美松堂

印刷・製本　図書印刷株式会社

Printed in Japan　ISBN978-4-09-453076-6

第17回小学館ライトノベル大賞 応募要項!!!!!!!!!!!!!!!!!!!!!!!!!!!!!

ゲスト審査員は武内 崇氏!!!!!!!!!!!!!!

大賞：200万円＆デビュー確約
ガガガ賞：100万円＆デビュー確約
優秀賞：50万円＆デビュー確約
審査員特別賞：50万円＆デビュー確約

第一次審査通過者全員に、評価シート&寸評をお送りします

内容 ビジュアルが付くことを意識した、エンターテインメント小説であること。ファンタジー、ミステリー、恋愛、ＳＦなどジャンルは不問。商業的に未発表作品であること。
(同人誌や営利目的でない個人のWEB上での作品掲載は可。その場合は同人誌名またはサイト名を明記のこと)

選考 ガガガ文庫編集部＋ゲスト審査員 武内 崇

資格 プロ・アマ・年齢不問

原稿枚数 ワープロ原稿の規定書式【1枚に42字×34行、縦書きで印刷のこと】で、70～150枚。
※手書き原稿での応募は不可。

応募方法 次の3点を番号順に重ね合わせ、右上をクリップ等(※紐は不可)で綴じて送ってください。
① 作品タイトル、原稿枚数、郵便番号、住所、氏名(本名、ペンネーム使用の場合はペンネームも併記)、年齢、略歴、電話番号の順に明記した紙
② 800字以内であらすじ
③ 応募作品(必ずページ順に番号をふること)

応募先 〒101-8001 東京都千代田区一ツ橋 2-3-1
小学館　第四コミック局　ライトノベル大賞係

Webでの応募 GAGAGA WIREの小学館ライトノベル大賞ページから専用の作品投稿フォームにアクセス、必要情報を入力の上、ご応募ください。
※データ形式は、テキスト(txt)、ワード(doc、docx)のみとなります。
※Webと郵送で同一作品の応募はしないようにしてください。
※同一回の応募において、改稿版を含め同じ作品は一度しか投稿できません。よく推敲の上、アップロードください。

締め切り 2022年9月末日(当日消印有効)
※Web投稿は日付変更までにアップロード完了。

発表 2023年3月刊『ガ報』、及びガガガ文庫公式WEBサイトGAGAGAWIREにて

注意 ○応募作品は返却致しません。○選考に関するお問い合わせには応じられません。○二重投稿作品はいっさい受け付けません。○受賞作品の出版権及び映像化、コミック化、ゲーム化などの二次使用権はすべて小学館に帰属します。別途、規定の印税をお支払いいたします。○応募された方の個人情報は、本大賞以外の目的に利用することはありません。○事故防止の観点から、追跡サービス等が可能な配送方法を利用されることをおすすめします。○作品を複数応募する場合は、一作品ごとに別々の封筒に入れてご応募ください。